곰돌이가 괜찮다고 그랬어

곰 인형을 좋아하는 사람

나는 반려인형과 산다.

맨 처음 곰 인형과 조우했을 때부터 따져 보자면 거의 30년 차 곰 인형의 반려자다.

그 외에는 별다를 것 없는 삶이다. 직장인이고, 아침은 거의 거르고, 출근하자마자 퇴근하고 싶고, 어떤 때는 열심히 일하지만 어떤 때는 영혼을 집에 두고 와서 멍하니 일하는 척 마우스만 문지르기도 한다.

그런 나는 곰 인형들 덕분에 조금 특별한 기쁨을 누리는 사람이 되었다. 휴대폰에 곰 인형 사진이 가득한 사람, 회사에 '곰밍아웃'을 한 사람, 곰돌이 얼굴을 결제 도장으로 쓰는 사람, 곰 인형에 대해서만큼은 좀 아는 사람.

어느 인형 하나를 고르기 어려울 만큼, 내 곁에는 그 자체로 충분히 사랑스러운 곰 인형들이 여러 마리 있고, 있었다. 언니한테 선물받은 나의 첫 번째 인형 곰탱이. 촌스러운 이름이었지만 정말 살아 있는 것처럼 느껴진 이 작은 존재에게서 정소영 어린이가 얼마나 큰 위로를 받았는지 헤아릴 수 없다. 중학생 때부터 대학 시절까지 언제 어디서나 함께했던 그리운 이름 꿀. 이제는 내 곁에 없지만 먼 곳에서 또 다른 인생을 잘 보내고 있으리라 믿고 싶다. 그런가 하면 내 곁에는 낡디낡았지만 여전히 건재한 순남이가 있다. 그리고 유기 곰 인형으로 만나 지금은 우리 집 식구가 된 둘째 연남이도 있다. 커다란 곰 인형의 매력을 처음으로 느끼게 해 준 존재다. 또, 포실포실한 감촉의 막내 곰이자 수면 요정인 술빵이도 있다. 이 세 마리의 곰 인형이야말로 언제까지나 내 곁에 있어 줄 보들보들함들이다.

곰 인형은 나에게 무엇일까 생각해 본다. 어쩌면 친구보다 더 가까운 존재들이다. 가족이라고 표현하는 게 더 맞겠다. 아니다. 가족보다도 더 나 자신에 가까운 것 같기도 하다. 내가 사랑하는 사람들이 내 곰 인형을 쓰다듬으면 나는 나 자신이 사랑받는 것보다도 더 행복했다. 곰 인형들이 멋진 곳에 놀러 간 모습을 사진에 담으면 마치 내가 이 순간을 누구보다 잘 누리는 듯한 편안함을 느꼈다.

굴절되었다고 표현할 수 있을 이런 종류의 감수성을 가지게 되어 버린 나는, 나와 비슷한 사람들에게 묻고 싶었다. 그러니까, 인형의 반려자들에게 말이다. 반려인형이 정말 가족 같을 때가 있지 않냐고, 보들보들한 존재가 위로가 되어 준 적이 있지 않냐고, 곰돌이가 괜찮다고 하면 정말 다 괜찮지 않았냐고.

지난 30년간 내 삶의 아주 큰 부분을 차지하고 있던 반려인형들 이야기를 이제부터 꺼내 놓을까 한다. 반려인형과 함께하는 인생이란 어떤 때 기쁜지, 어떤 때 슬픈지, 무엇이 특별한지, 또 무엇이 걱정스러운지…… 그동안은 털어놓을 기회가 별로 없었던, 우습고도 진지한 나의 반려인형 인생을.

2018년 11월
정소영

+ 우리 집 곰돌이들을 소개한다. 왼쪽 커다란 곰이 의젓한 둘째 연남이,
가운데가 쾌활한 막내 술빵이, 오른쪽 작은 갈색 곰이 첫째 순남이다.
몸집과 나이가 제각각이어서 다들 이름을 헷갈려 한다.

++ 곰 인형의 반려자인 나는 자주 곰돌이들과 외출한다.
평화롭고 따뜻하고 곰돌곰돌한 시간.

차례

우리 곁의
반려 인형들

2장

1.

나는 반려인형과 산다

버려진 곰 인형을 데려오다

지금 우리 집의 반려인형은 꽤 여러 마리다. 술빵이는 우리 집 인형들 사이에서는 막내 격으로, 평소에는 쾌활하지만 늘 자기 위주로 해 달라고 요구하는 새침한 성격이다. 술빵이가 내가 늘 데리고 다니는 '외출곰'이라면, 둘째 연남이는 요새는 언제나 거실 한쪽에 앉아 있는 든든한 '집곰'이다.

내가 처음 연남이를 만난 곳은 백화점 완구 코너가 아니다. 집 앞 헌 옷 수거함 앞에서 초췌한 모습으로 우리는 만났다.

앗, 누가 버렸지? 꼬질꼬질 때가 묻은 커다란 곰 인형이

어쩌나 눈에 밟히던지, 그냥 놔두면 쓰레기장으로 가겠다 싶어 결단을 내렸다. 안 되겠어. 넌 우리 집으로 가야겠다.

그렇게 퇴근길에 데려온 커다란 곰 인형을 목욕시켰더니 몰라보게 하얘졌다. 연남동에서 주웠으니까 연남이라고 부르라며 우리 집에 놀러 온 친구가 무심코 던진 말에 정말로 이름이 연남이가 됐다. (당시 우리 집은 연희동이었지만 곰 인형의 이름을 짓는 데 그런 사실관계는 크게 상관이 없었다.) 얘를 누가 버렸을까? 헤어진 연인의 선물이었을까? 이사를 앞두고 아이 방을 정리한 걸까? 버리는 것밖에는 방법이 없었을까?

연남이는 우리 집에 와서 새 삶을 찾아 여기저기 놀러도 가고 온갖 사진을 찍고, 페이스북 페이지 '연남이와 술빵이'의 주인공도 됐지만 모든, 특히 몸집이 커다란 곰 인형의 운명이 다 연남이와 같진 않다. 큰 덩치는 더 짐스럽다고 여겨진다. 모든 인형이 천년만년 주인의 사랑을 받으며 행복하게 지낼 수 없다는 사실도 모르는 바는 아니다. 게다가 주거 공간이 협소한 경우가 많으니까.

최근 인형 뽑기 방이 성행한다는 걸 알고 있지만 나는 그곳에 한번도 가 본 적이 없다. 그렇게 쉽게 되는 일이 아니라 해도, 운명처럼 어떤 인형을 내 손으로 뽑게 된다면?

+ 골목길에서 처음 본 연남이의 꾀죄죄한 모습은 목욕 한번 하자 온데간데없어졌다.
햇살 좋은 날의 곰돌이는 정말 평화로워 보인다. (옆에는 노른자.)

그런데 우리 집에 데려가서 잘 지낼 자신이 없다면? 나로서는 감당 못 할 부담인 것이다.

나에게 있어 곰 인형을 만나는 더 좋은 방법은 중고 가게에 들르는 것이다. '아름다운 가게'에서도 곰 인형을 만난 적이 있다. 짙은 갈색에, 이마가 동그랗고 눈이 아주 작은 클래식한 디자인의 곰돌이는 단번에 시선을 사로잡았다. 만지작거리다가 결국 집으로 데려온 그 곰돌이는 지금은 어머니의 반려인형이 되었다. 이름은 '아버님아'로 정했다.

여느 집처럼 우리 집에도 그다지 애정을 받지 못한 채 먼지만 쌓여 가던 곰 인형이 있었다. 이름은 '흰자'. 하얘서 지은 이름이다. 어느 날 집에 놀러 온 친구가 구석에 박혀 있던 흰자를 발견해 몇 시간 동안이나 무릎에 앉혀 두고 예뻐했다. 그날 밤 나는 진지하고도 절절한 문자를 받았다. 자기한테 흰자를 주면 오래오래 사랑하겠노라는 내용이었다. 그래서 기쁜 마음으로 나는 흰자를 입양 보냈다. 흰자는 친구네 집에서 '햇살이'로 개명한 뒤 새 삶을 찾아 즐겁게 지낸다. 친구가 가끔씩 햇살이의 사진을 보내 주면 나도 기쁘다.

몇 년 전에 술빵이는 햇살이랑 타이완에서 조우했다.

+ 흰자(햇살이)와 노른자가 함께 있는 모습. 노른자는 이제 흰자와 영원히 분리된 채 우리 집에 남았다.

++ 2013년 7월, 타이완에서 오랜만에 만나 기념사진을 남긴 술빵이와 흰자(아니, 햇살이).

오랜만의 상봉이어서 얼싸안고 기뻐했으며, 서로 충분히 사랑받은 얼굴을 하고 기념사진도 남겼다.

우리나라에 《테디 베어의 사랑법》이라는 제목으로 번역 출간된 《넘치게 사랑받은*Much Loved*》이라는 사진집에는 곰 인형 사진이 가득하다. 이 책은 아일랜드 사진가 마크 닉슨이 낡디낡은 곰 인형들을 사진 찍고 주인들한테서 사연을 받아 기록한 프로젝트의 결과물이다. 수십 년 동안 주인 곁에 있던 인형만이 보여 줄 수 있는 닳아빠진 모습은 제목 그대로 '넘치게 사랑받은' 것이 무엇인지를 우리에게 전해 준다.

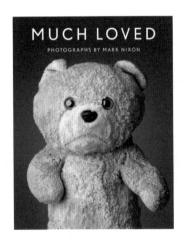

+ '넘치게 사랑받은' 인형들은 이 표지에 보이는 녀석처럼 털이 나달나달하다. 뭉개진 코와 빠진 털, 이것이 오히려 사랑의 증거다.

테드는 어린이집에서 내가 테리어 강아지에게 공격받을 때 나를 구하다 한쪽 눈을 잃었다. (짧게 간추린 이야기다.) 그리고 코가 납작해지면서 생긴 공간에 내 모든 비밀을 간직해 준다.

— 마크 닉슨,《테디 베어의 사랑법》에서

코가 납작해진 곰돌이의 매력을 아시는 분, 앤 마리 렌츠의 이야기다. 이 책의 왼쪽 페이지에는 사연이, 오른쪽 페이지에는 곰 인형의 사진이 있는데, 빨간 바지를 입은 갈색 곰 테드는 코가 납작하고 눈이 짝짝이인 것마저 무척 귀엽다.

벅스는 내 남동생 코너의 인형이었다. (중략) 차에 있던 짐을 전부 도둑맞고 말았다. 차 안에는 벅스를 포함해서 우리에게 소중한 것들이 가득 차 있었다. 그 일로 많이 울었다. 이소벨이 방송인 친구 제리 라이언에게 부탁해 라디오에 사연을 내보내 보면 어떻겠느냐고 제안했지만, 그러면 제리가 나를 미쳤다고 생각할 것 같았다. 없어진 인형을 찾는 어른이라니.

— 마크 닉슨,《테디 베어의 사랑법》에서

세라 오언스의 이야기다. 너무 슬픈 얘기라 읽다가 울어 버렸다. 망설이지 말고 라디오에 사연을 보내 보았더라면 어찌 되었을까, 그런 뒤늦은 후회가 내게도 든다.

사랑하는 사람들과 오래 함께한 곰 인형은 숱한 이야기를 남긴다. 《넘치게 사랑받은》은 이런 이야기들이 페이지마다 가득 들어 있는 책이었다.

연남이를 끌어안고서, 그러다 푹신한 연남이를 아예 베고 드러누워서, 사랑을 잃은 곰돌이들에 대해서 생각한다. 너도 버려질 운명이었지, 이렇게 예쁜데. 우리 집에 와서 다행이지? 원래 이름은 뭐였니? 하고 연남이에게 묻기도 한다. 유기견과 유기묘의 반려자들도 이런 생각을 하리라.

이 세상의 감수성이 훨씬 풍부해져서 유기견, 유기묘뿐 아니라 버려진 곰 인형도 못 본 체하지 않는 세상이 되면 좋겠다. 여러 사정으로 더 이상 함께하기 어려운 곰 인형이 생기면, 버리기 전에 깨끗이 목욕시켜서 필요한 누군가에게 전해 주면 좋겠다. 인형의 운명이란 아무도 모르는 것이니까.

술빵이, 수술대에 오르다

후배 A는 고양이 두 마리와 산다. 선배 B의 집에도 우아한 고양이 한 마리가 있다. 친한 언니 C도 얼마 전부터 '집사' 대열에 합류했다. 금세 둘째를 들이는가 싶더니 요즘 인스타그램을 보니 셋째도 생긴 것 같다.

'나만 고양이 없어.' 잠시 그런 생각이 들기도 했지만, 나는 괜찮다. 나에게는 반려인형이 있으니까.

사실 반려인형은 돌보는 품이 말할 수 없이 적게 든다. 바빠서 한참 못 놀아 줘도 서운해 하지 않고, 더위도 추위도 안 타는 무던한 성격이다. 무려 밥도 안 줘도 된다. 아프지도, 다치지도 않는다. 그래, 그런 줄 알았다.

술빵이는 우리 집에 와서 여지껏 잘 지냈다. 여기저기 여행도 같이 다니고, 주말마다 외출하면서. 그런데 노화가 시작되었는지 어느 날부터 제대로 앉아 있기도 어려울 만큼 솜이 푹 꺼지고 기력이 쇠하더니, 보들보들하던 얼굴에 쭈글쭈글 주름이 늘고, 급기야 한쪽 눈알이 빠졌다. 헉, 이럴 수가.

낡아 가는 것이야 그런대로 넘길 수 있었지만, 눈이 빠지다니. 이것만큼은 고쳐 줘야 할 일이다. 어떡하지? 본드로 붙이나? 아니야, 그러다 녹아서 백내장처럼 될 수 있어. 깊은 고민에 들어간다. 자가 치료를 할 수 있을 것인가? 나는 곰손이니까 안 될 거야. 일단 옷 수선집에 가서 고쳐 줄 수 있겠느냐고 물었다. (진찰은 동네의 1차 병원이 먼저니까.) 그런데 다들 고개를 저으며, 그런 건 안 한다고, 솜 트는 이불집에나 가 보란다. (진료 거부를 당하고 말았다.) 이불집에 가서 읍소를 하니, 요만한 데 넣을 솜 따위는 팔지 않는다며, 그리고 눈 빠진 것도 못 고친단다. (또 다시 진료 거부.) 안 되겠다 싶어 인터넷 검색을 했다. 인형으로 치자면 3차 병원이라 할 수 있는 전문적인 곳을 찾아냈다. 오, 그래! 이곳에 가야겠어.

수선 문의(인형 사진 첨부, 인형 크기: 약 40㎝, 이름: 술빵이)
저에게는 가족 같은 아이인데, 꼭 고쳐 주세요! 솜이 너무 빠져 나가고 뭉쳐서 앉아 있지도 못해요. 한쪽 눈이 떨어졌어요. 갖고 있긴 한데…… 붙일 수 있을까요? 언제쯤 방문하면 될까요?

전화가 왔다. "안녕하세요, 인형 병원이에요. 수술이 필요하겠네요. 그런데 지금은 예약이 많이 밀려 있어서…… 보름쯤 뒤에 괜찮으신가요? 아아, 네, 그럼 데려오실 거죠? 택배로 보내면 위험하니까요."

그래, 역시 명의에게는 환자가 줄을 잇는 법. 그리고 분실, 아니 실종될 위험을 걱정해 주다니, 진정코 인형을 사랑하는 분들이 분명하다.

그리하여 며칠 뒤 회사에 연차를 쓰고 병원으로 향했다. 봉제완구 회사를 겸하는 이 병원의 문을 조심스레 열자, 모두들 나보다는 술빵이에게 더 활짝 웃으며 상냥하게 인사를 건네 주었다.

"저, 얘 좀 고쳐 주세요. 다들 안 고쳐 준대요."

"어머나, 안녕? 너로구나. 왜 진료 거부를 하고 그랬을까? 어디가 아픈지 한번 볼까?"

수술은 세 시간쯤 걸린다며 보호자는 나가 있으라고 했다. 초조한 마음으로 주변을 배회한 뒤에 다시 만난 내 곰 인형의 모습이란! 맞아, 이렇게 뽀송뽀송하고 솜이 빵빵한 녀석이었지! 처음 만났을 때처럼 통통하고 의젓해진 모습에 감동할 수밖에 없었다.

술빵이의 수술은 그렇게 무사히 잘 끝났다. 솜을 너무 많이 넣어도 원래의 얼굴이 주는 매력이 사라지는데 과하지 않게, 딱 좋게 만들어 주는 능력자들이셨다. 마치 붓기가 빠지면 더 자연스러워지듯이 하루 이틀 지나자 술빵이는 더욱 예뻐졌다.

술빵이는 안에 들어 있던 솜을 아예 통째로 교체한 경우였다. 병원에서 원래 들어 있던 솜을 가져가겠느냐고 물어봐 주시는데, 정말 깜짝 놀랐다. 이렇게 편견 없이 인형을 사랑하는 분들이 계시다니.

뉘른베르크 완구박람회에도 참가한다는 이 인형 병원 토이테일즈에는 다음과 같은 정책이 적혀 있었다.

※ 저희는 불량 인형을 원본 인형으로 바꾸는 수선은 하지 않습니다. (예: 짝퉁 곰인이를 원래 곰인이같이 수선해 주세요.)

덧붙이자면 '곰인이'는 아이돌 그룹 엑소의 멤버인 카이 김종인을 닮은 곰 인형이라고 한다. 대량 생산되는 인형인 만큼, 간혹 자수가 잘못되거나 좌우 대칭이 맞지 않는 경우들이 있는데, 그 때문에 수선을 문의하는 사람이 많다고.

찾아보니 일본에는 좀 더 세분된 서비스를 제공하는 인형 병원도 있다. 누이구루미 병원이다(nuigurumi-hospital.jp). 오사카에 위치한 이 병원에서는 이를테면 떨어진 꼬리를 붙이려면 외과로, 꺼진 솜을 갈아 주려면 내과로 가야 한다. 눈과 코와 귀 등을 고치는 이비인후과, 그리고 인형에게 산책을 시켜 주는 재활의학과도 있다. 상태가 심각한 경우에는 중환자실에서 2~3개월 동안 진료하며 피부 이식도 진행한다. 지금까지 5천 명 가까운 인형 환자가 다녀갔다고.

누이구루미 병원에는 인형 스파도 있다. 인형에게 알맞은 샴푸와 트리트먼트를 제공하고, 스파 후에는 솜을 교체

+ 눈이 빠지기 직전에 찍은 이 사진은 너무 불쌍해 보여서 곰 초상권을 고려하여
소개하지 말까 싶었지만, 이 모습이 공개되어야 상황의 심각성을 알릴 수 있을 것 같아
보여 드린다. 술빵아, 미안.

++ 외눈박이 술빵이의 모험. 수술받으러 가는 길도 씩씩하다.

+++ 뿅! 세 시간 만에 의젓하고 번듯해졌다!

해 준다. 퇴원할 때는 입원해 있는 동안의 인형 모습을 담은 DVD를 주인에게 선물로 주고, 처방전에 따른 사탕 알약도 챙겨 준다.

언제 한번 경험하러 오사카에 가 보고 싶다. 하지만 일단은 술빵이가 오래오래 건강해서, 병원 투어도, 재수술도 할 필요가 없었으면 좋겠다.

곰 인형의 효능을 물으신다면

술빵이를 밖에 데리고 다니면 가끔 사람들이 물어본다. 왜 이런 걸 데리고 다녀요? 내가 '곰 인형 애호가'라고 밝힐 때면 뭐가 그렇게 좋냐고 물어보는 사람도 있다. 곰 인형과 함께한 삶이 너무 길어서, 이런 질문은 깊이 생각해야만 대답할 수 있다. 곰 인형의 효능이라. 인형놀이의 기쁨을 알지 못하는 사람들에게도 '그래, 정말 그렇겠군' 하고 무릎을 탁 치게 만드는 그런 경우가 분명 있을 텐데.

있다. 가장 효과가 있는 때는 바로 치과에 데려갈 때다.

치과란 늘 두려운 곳이다. 치통이 오기 전에 미리미리 가면 좋으련만, 두려움이 앞서 미련하게 미루다가 진짜 무서운 상황을 만들곤 한다.

얼마 전부터 나는 가능하면 치과에 곰 인형을 데려가고 있다. 처음 데려갈 때는 술빵이가 너무 커서 조금 부끄럽기도 했다. 진료실에 들어서며 "저, 제가 좀 무서워서요" 하고 의사 선생님께 양해를 구한 뒤 가방에서 주섬주섬 술빵이를 꺼냈다. 진료를 준비하던 선생님들은 가방 속에서 나오는 커다란 술빵이를 보고 조금 웃더니 "아아, 예, 안고 계세요" 하고 친절하게 말해 주었다. 이게 끝인가? 준비할 변명이 잔뜩 있었는데? 저기, 더 안 물어보시나요? 하지만 그뿐이었다. 나를 어린이 환자처럼 생각해 주시는 것일까?

다른 환자들이 본다면 좀 민망하겠다고 걱정했지만, 예상과 달리 치과에 온 사람들은 저마다의 두려움에 휩싸인 상태여서인지 진료 의자에 앉아서는 다른 데 한눈을 팔지 않는 것 같았다. 물어본 사람이 아무도 없었다. 그리고 어차피 얼굴에 초록색 천이 덮이지 않는가? 역시 괜한 걱정이었다.

술빵이를 안고 있었더니 그날따라 '위잉' 하는 드릴 소리도, 잇몸에 찔러 대는 마취 주사도 참을 만했다. 긴장이 될라 치면 술빵이 귀를 만지작거리며 딴생각을 하려고 노력했다. 벚꽃이 핀 봄날, 술빵이를 안고 한강 근처를 걷다가 따끈하게 데워진 돌계단 위에 함께 오래도록 앉아 있던 일, 잔디밭에서 멋진 사진을 찍으려다가 거위가 달려들어서 도망친 일, 타이완에 놀러 갔을 때 망고 빙수로도 달랠 수 없던 폭염 속에서 에어컨을 찾아 술빵이를 바람 나오는 쪽으로 한참 동안 들고 있었던 일……. 그런 유쾌하고 기분 좋은 생각을 하면서 두려움에 경직되지 않고 이완된 상태로 있을 수 있었으니, 치료하는 데도 도움이 되었을 것이라고 생각한다.

곰 인형은 불면에 시달릴 때도 요긴하다. 보들보들한 곰 인형을 안고 만지작거리며 누워 있으면, 그것처럼 세상 편하고 기분 좋은 게 없다. 불면에 시달리는 일은 나에게는 원래 드문 일이긴 하지만, 그래도 가끔씩 어깨에 힘이 안 빠지고 자꾸만 긴장이 될 때가 있다. 이를 악물고 자거나 주먹을 꽉 쥐고 잘 때도 있다. 싫은 일이 계속해서 떠오를 때도 있다. 밤잠을 설치면서 이리 뒤척 저리 뒤척, 기분이 불행 쪽으로 한 발짝 내디디려 할 때, 그럴 때가 바로 술빵이가 긴급히 요청되는 순간이다. 개와 고양이의 반려자들도 다들 그런 기쁨을 맛보겠지.

2010년 호텔 체인점 트래블로지가 영국의 성인 6천 명을 대상으로 조사했다는 설문을 기사에서 보았는데, 곰 인형을 안고 잔다고 대답한 사람이 35퍼센트나 됐다. 이 말대로라면 영국 사람들의 3분의 1 이상이 곰 인형을 안고 잔다는 말이다. (곰 인형의 평균 나이는 27세라고 한다. 다들 오랫동안 간직했잖아?) 곰 인형을 안고 자는 이유로는, 편안하게 잠들 수 있고 스트레스 해소에 큰 도움이 된다는 것을 꼽았다고 한다. (네 명 중 한 명 꼴로 출장갈 때 곰 인형을 데려간다고 답했다!) 역시 패딩턴과 곰돌이 푸, 그리고 미저리 베어의 나라 영국답다. 이미 거기서는 반려인형이 진짜 가족인 것이다.

그런데 모든 인간에게는 보드라운 존재가 필요한 것이 아닐까? 미국의 심리학자 해리 할로Harry Harlow는 아기 원숭이를 대상으로 애착에 관한 실험을 했다. 아기 원숭이를 우리에 넣은 다음 한쪽에 철사로 만든 원숭이 인형(그러니까 대리모)에게 젖병을 달아 수유를 하게 했다. 다른 한쪽에는 젖병은 없으나 보드라운 천으로 만든 원숭이 인형을 두었다. 아기 원숭이는 과연 둘 중에서 어떤 엄마에게 갔을까? 실험 결과 아기 원숭이는 보드라운 천 인형에 내내 매달려 놀다가 배고플 때만 잠깐씩 철사 인형한테 가서 배를 채웠다. 사람도 마찬가지가 아닐까?

그동안 내가 읽은 육아서들은 이 실험을 근거로 삼아

'수유를 할 때는 아기와의 스킨십이 중요하니 눈을 맞추며 끌어안고 젖을 먹일 것'이라는 실용적인 지침을 알려 주는 결론에 다다랐다. 내 생각에는 그런 지침보다는 보드라운 감촉이 포유류에게 주는 기쁨이 엄청나다는 사실을 알리는, 담백한 결론이 좀 더 정확하지 않을까 싶다.

그리고 또 찾아보니 (나에게는 이런 자료를 찾아 주는 언니가 있다!) 2000년에 발표된 어느 논문에 따르면, 아이들의 애착 담요는 병원 진료를 받을 때 엄마가 같이 있어 주는 것만큼이나 진료의 괴로움을 덜어 줬다고 한다. (Ybarra et al., *J Consult Clin Psychol*, 2000) 그러니 나도 한순간의 민망함쯤이야 감당하면서, 앞으로도 술빵이를 쭉 치과에 데리고 다니며 진료를 받을 것이다. 효과가 만점이라는 것이 논문으로도 증명되었다고 하니 당당하게 데려가야지.

혹시 반려인형을 데려가고 싶지만 민망하고 부끄러운 분들에게는, 해 봤더니 의사 선생님들은 생각보다 관심이 없더라는 사실을 다시 한번 강조하고 싶다.

1991년 5월 24일, 그 이후

언제부터 이렇게까지 곰 인형을 미친 듯이 좋아하는 사람이 되어 버렸는가? 그 질문을 받는다면 정확히 "1991년 5월 24일부터"라고 대답할 수 있다. 마치 BC와 AD를 가르듯 날짜마저 분명하다. 여기 자료가 있다.

우리 집에는 곰탱이라는 인형이 있다. 그 귀여운 인형은 언니가 작년 봄소풍(5월 24일) 때 사온 것으로 내 손바닥만 한 작은 인형이다. 왜 그 인형을 좋아하냐면 작아서 주머니에도 들어가고 색깔도 마음에 들고 얼굴 모양도 예쁘기 때문이다. 거의 1년이 다 되어 가는데 내가 너무

만져서 닳아 빠졌다. 그러는 동안 정이 많이 들어 살아 있는 것 같아졌다. 곰탱이가 너무 낡아서 버리게 되면 어쩌지?

- 1992년 3월 19일의 일기에서

촌스러운 이름을 가진 나의 첫 곰 인형 곰탱이는, 언니가 초등학교 4학년 때 봄 소풍에 갔다가 내 생각이 나서 사다 준 것으로, 내가 지금껏 받은 최고의 선물이다.

옛날 일기장을 펼치면 나조차 모르고 있던 디테일이 딸려 나온다. 미혜라는 언니 친구가 선물한다며 좌판을 구경하자 언니도 선물을 사겠다는 마음을 먹을 수 있었구나, 그것도 동생이 좋아한다고 핑크색으로 골라 왔구나, 값이 천 원이었구나…….

당시에는 그 천 원짜리 조그마한 선물이 이후 30년 가까이 동생의 삶을 풍요롭게 해 주리라는 것을, 선물을 주던 열한 살의 언니도, 얼떨떨하게 선물을 건네받던 열 살의 나도 알지 못했다.

소영이는 솜과 털로 된 동물 인형이 아홉 마리이다. 나는 그것들을 싫어하지 않는다. 소영이가 그것으로 인형극을 벌이면 오히려 귀엽다. 하지만 소영이가 인형만 끼고 돌면 괜히 심술이 나서 괴롭히고 싶어진다. 또 그러면 소영이가 싫어하고 둘 다 기분이 상한다. 왜 그럴까? 나도 모르겠다.

– 1991년 11월 6일 언니의 일기에서

우리 자매가 초등학교 때 쓴 일기는 지금까지 잘 보관되어 있는데, 둘 다 모범생이라 매일같이 성실히 적은 것들이다. 촘촘히 이어진 그 무렵의 일기를 다시 들여다보며 같은 날의 언니와 내 일기를 비교해 보기도 한다. 그러면 당시의 분위기와 더불어 서로 다른 입장도 짐작할 수 있다. 지금은 사무실에도 순남이를 데려가는 사람이 됐지만 이런 일기를 적은 날까지만 해도 언니는 아직 인형의 반려자가 아니었던 것이다. 누구보다 친한 친구이자, 시험공부도 같이하고, 만화영화도 같이 보고, 화장실도 같이 가던 한 살 어린 동생에게 이해할 수 없을 만큼 엄청나게 소중한 취미가 갑자기 생겨 버린 것. 그래서 왠지 모르게 퉁명스러워진 이 어린이의 심정도 이제는 알 것만 같다. 그런데 그날 언니의 일기에는 그런 심정만 토로되어 있는 것이 아니었다.

학교에서 돌아와 보니 할머니께서 빨래를 하고 계셨다. 살펴보니 곰 인형이었다. 아랫집 아주머니가 소영이가 인형을 좋아하는 것을 알고 집에 있던 인형을 하나 주신 것이다. 빨아 놓으니 흰색 바탕에 까만 눈, 까만 코, 빨간 체크무늬 헝겊을 덧댄 발바닥과 귀가 뚜렷이 제 색을 드러내어 꼭 새것 같았다. 그런데 밤이 되어 잘 시간에 이르러도 곰 인형의 발바닥은 축축했다. 소영이가 매우 초조해 보였다. 할 수 없이 못 가지고 자겠다고 생각하고 "외롭지 않게 건조대에 인형 하나 더 얹어 놓자" 하려고 했는데 할머니께서 그냥 갖고 자라고 하셨다. 소영이가 기뻐하는 것을 보니 나도 기뻤다.

- 1991년 11월 6일 언니의 일기에서

동생이 곰 인형에만 빠져 있는 것이 탐탁지 않았던 언니는, 새로 생긴 인형이 덜 말라서 동생이 안고 잠들 수 없을까 봐 미리 달래 줄 말을 생각해 놓고 있었다. 이 형님다운 의젓함과 따뜻함. 지금까지도 고스란히 나에게 이어지는 마음을 나는 사랑이라고 부를 수밖에 없지 않을까?

곰 인형에 푹 빠진 나를 의아해하던 언니도 어느덧 곰 인형의 반려자로서의 삶을 받아들였다. 내 생애 최초이자

최후의 끈질긴 전도였고, 값진 성공이었다.

우리는 요즘도 곰 인형을 목욕시키고 나면 밤에 덜 말라서 데리고 잘 수 없으면 어쩌지, 걱정하고 아쉬워한다. 반려인형의 목욕은 매우 신중하게 접근해야 하는 연례행사에 가까운데, 그때마다 우리는 순남이 목욕 동영상을 공유하고 비포/애프터 사진을 찍는다. 목욕을 시켜 보아도 사실 찌든 때는 지워지지 않고 그대로이지만, 옆에서 누가 아직도 더럽다고 한 소리 할라 치면 우리는 무슨 말이냐며, 몰라보게 깨끗해지지 않았느냐며 호들갑을 부린다. 낡은 반려인형의 더러움을 모른 척하고 서로 즐거워하는 그런 사람들이 되었다.

그러고 보면 언니는 봄 소풍에서 자기가 좋아하는 것도 아닌데 곰 인형을, 그것도 내가 좋아하는 핑크색으로 사다 줬다. 당시 언니의 관심사는 과학관, 공룡과 외계인, 개미, 추리소설, 이런 것들이었는데. 그런 걸 강요하지 않고 선물받을 사람의 마음을 제대로 파악해서 '취향 저격'을 할 줄 알았다니, 20년 전 내 일기에 자주 나오던 클리셰를 인용해 말해 보자면 "우리 언니는 참 대단한 것 같다."

+ 나의 전도로 곰돌이를 좋아하는 사람이 되어 가던 초등학생 때의 언니.

++ 곰돌이를 좋아하던 중학생의 나.

말 필통 속 사자 볼펜

출판사에서 편집자로 일하다 보면, 학창 시절이 안 끝난 것 같은 묘한 느낌을 받을 때가 있다. 많이들 책가방을 메고 다니고, 책도 잔뜩 읽고, 잔뜩 못 읽을 때도 읽어야 한다는 부담감에 늘 시달린다. 무려 우리 회사를 일컬어 "입학도 졸업도 없는 영원한 학교"라고 표현한 저자도 있다. (으아아, 졸업이 없다니…… 본뜻은 그런 게 아니겠으나 생각할수록 마음이 무거워진다.)

이런 학교인 듯 학교 아닌 회사 안에는 여전히 문구류에 열광하는 인간들이 많다. 지워지는 볼펜 같은 것을 사 와서 시연하면 다들 크게 감명받고, 신혼여행지에 가서도 교정지를 묶을 집게를 사 온다. 엄청난 분량의 교정지도 단번에 집을 수 있는 커다란 집게여서 보는 사람마다 박수를 쳤던 기억이 있다. 우리는 일할 때 아직도 연필과 지우개와 필통이 필요하다. 요새는 교정지를 인쇄해서 빨갛고 파란 펜으로 교정을 본 뒤 저자에게 전달하지 않고, PDF 파일에 메모하거나 워드 문서에 수정 사항을 표시해 메일로 소통하는 곳도 있는 모양이지만, 내가 다니는 회사는 여태 아날로그 방식을 고수하는 중이다. 사무실 한쪽 구석에는 어여쁜 연필깎이도 있다. 그 옛날 쓰던 기차 모양은 아니고, 훨씬 더 점잖고 멋진 검정 연필깎이다.

나에게 제일 잘 어울리는 필통을, 최고로 멋진 볼펜을 만나고 싶어! 그런 설레는 마음으로 별일 없어도 늘 문구점에 들르는 생활을 20년 넘게 해 왔다. 그러다 내가 아니면 누가 사랴 싶은, 운명적 이끌림으로 구매한 것들이 있다. 말 필통, 그리고 사자 볼펜이다. 보들보들 귀여운 것이 용도까지 있다니, 내가 만들었나? 싶은 생각으로 눈이 하트 모양이 되어 데려온 것들이다.

인형들이란 본래 그 자체로 완성이기에 (반려인형은 수단이 아니고 존재이므로) 용도가 없더라도 충분히 귀엽다. 그런데 용도가 분명한 물건이 인형 모양이면 경계가 모호해진다. 말 필통은 인형인가, 필통인가? 인형이면서 필통인가? 반려인형이라고 할 수 있는가? 어려운 문제이다.

용도가 추가된 인형, 인형의 형상을 한 용도 있는 물건을 고를 때는 내 나름대로의 기준이 있다. 첫째, 머리만 있고 몸통이 없는 것은 사지 않는다. 머리만 있으면 무섭기 때문이다. 둘째, 지퍼를 연다든가 했을 때 과하게 징그러우면 사지 않는다. 배를 가르는 것처럼 보인다면 마찬가지로 무섭기 때문이다. 두 번째 기준까지 전부 다 지키기는 쉽지 않지만, 어떤 것은 유독 가죽을 벗기는 듯 느껴지고 어떤 것은 좀 덜하다.

이 기준들에 따라 구매한 말 필통은 말이라기보다는 좀 당나귀처럼 생겼는데, 등에 지퍼가 달려 있고 펜을 넣으면 몸통이 든든해지는 반면, 펜을 다 빼면 배를 곯게 되는 녀석이다. 등을 열어서 펜을 집어넣는 구조이긴 해도 등에 지퍼가 달린 모습이 말갈기 같기도 해서 크게 어색하게 느껴지지 않았다. 사자 볼펜은, 볼펜 끝에 사자 한 마리가 매달려 있는 형태다. 사자를 품은 말 필통을 갖고 학교에 다니면 조용하고 지루한 강의실에서도 나 혼자만 아는 기쁨이 있었다. 사자 볼펜으로 필기를 하다 보면 팔다리가 흔들리는 모습에 웃음이 나기도 했다.

말 필통과 함께, 영어를 배우러 학교에 딸려 있는 어학원 초급반에 다닌 적이 있다. 영어 회화를 처음 할 때의 어색함을 잊을 수가 없다. 다들 지각 있고 양식 있는 분들임을 알고 있는데 영어로는 "아임 파인, 앤드 유?"밖에 못 하는 그 기분 말이다. 그러면 백인 남자 선생님이 아무리 "샤이"한 성격이더라도 적극적으로 말하고 배워야 한다며 옳은 말씀을 영어로 길게 하고, 그러면 또 수강생들은 "예스, 아이 윌" 하고 나서도 묵묵부답으로 일관하는 초급반의 풍경.

그런데 거기서 나의 "호올스 펜슬 케이스" 덕분에 갑자기 유쾌한 분위기가 생겨났다. "쏘 큐트"하다, 어디서 샀느냐, 늘 갖고 다니냐, 그런 질문들이 오고 갔다. 음? 이게 그렇게 언어를 뛰어넘은 공감대를 얻을 정도인가? 그렇다면 이건 어떻소이까! 그런 심정으로 말 필통에서 사자 볼펜을 척 꺼내자 다들 "라이언 펜"도 너무나 귀엽다는 분위기였다. 생각보다 너무 언어를 뛰어넘어 버려서 거의 보디랭귀지로만 이루어진 무언극이자 인형극이 되고 말았지만.

이 일로 인형으로 둘러싸인 나의 삶이 다른 사람들에게 기분 전환이 될 수 있다는 것을 알게 되었다. 그 이후로는 어학원에서 늘 묻는 "왓 이즈 유어 호비?" 같은 질문이 타인이 나를 알고 싶어한다는 우호적인 뜻임을 알게 되었고 나의 개별성을 더 드러내기 위해 마음껏 인형 얘기를 했다. 마음껏이라기보다는 더듬더듬이지만.

그렇게 연극적인 스킬을 발휘하며 초급반을 마치고 학기말 구술 평가를 치른 뒤에, 나는 어이없게도 중급반이 아닌 상급반으로 배정받고 말았다. 어떻게 그런 후한 평가가 가능했을까? 미스터리한 일이다.

상급반에는 첫날 하루 가 보고 그 뒤로는 가지 못했다. 거기는 '아이스 브레이킹' 따위 필요 없이 막힘없는 영어를 구사할 수 있는 사람들이 수두룩했기 때문이다. 말 필통은 이후 한동안 어디로도 등교하지 않았다. 지금은 나와 함께 회사에 다니지만 말이다.

확고한 취향을 지닌 어린이

언니가 봄 소풍에서 곰 인형을 데려온 그날 이후로, 우리 집 앨범 속 내 사진은 두 종류로 나뉜다. 곰 인형과 함께 찍었거나 곰 인형들만 찍었거나. 나만 나온 사진은 거의 없다.

취향이 확고한 어린이가 되자 편한 점도 있었다. 거의 모든 삶의 기준이 곰돌이가 된 것이다. 방학 숙제로 뭔가 만들기를 해야 한다면, 자유 주제라면, 뭘 해야 할지 모르겠다면, 곰 인형부터 생각하면 되었다. 언니도 나보다 겨우 한 살 많은 처지였으니 방학 숙제는 우리의 당면 과제였다. 실제로 언니랑 내가 만든 것은 무엇이었던가? 바로 곰 인형 냉장고다.

곰 인형 크기에 맞추어 하드보드지를 잘라 만든 냉장고 속에 우리 집 냉장고의 축약판 같은 물건들을 지점토로 만들어 넣었다. 곰 인형에게 딱 맞는 오렌지 주스 병, 곰 인형에게 딱 맞는 딸기 잼, 곰 인형에게 딱 맞는 수박 반통, 곰 인형에게 딱 맞는 아이스크림, 계란, 반찬통까지.

그걸 만드는 내내 정말 즐거웠던 기억이 난다. 곰 인형이 냉장고를 갖게 된다면 또 뭐가 필요하지? 우리 집 냉장고 속엔 뭐가 더 있지? 냉장고에 들어 있는 고기는 어떻게 고기답게 표현하지? (지점토로 적당히 모양을 내고 수채 물감으로 마블링을 살려 칠한 다음 비닐봉지를 잘라서 담고 묶었다.) 오렌지 주스가 담긴 엄청 무거운 유리병은 몸통에 크게 손가락 모양으로 요철이 있으니 잊지 말고 표현하자. 아하하, 이제 곰 인형도 우리와 똑같은 아이스크림 먹는다! 냉동실에 가득 넣어 놓아야지! 방학 숙제를 하고 있다는 사실은 잊은 지 오래였다.

누구도 그렇게까지 하라고 시키지는 않았지만 가능한 한 구체적으로 표현하며 정성껏 만들고 난 뒤에 카메라로 곰 인형과 함께 사진에 담았다. 자, 이게 너의 냉장고야. 옆에 서 봐, 같이 사진 찍어 줄게.

+ 취향이 확고한 어린이로서 자랑스레 만들었던 '곰돌이 냉장고'.
곰돌이용 보리차와 곰돌이용 오렌지 주스, 곰돌이용 케첩과 딸기 잼과
아이스크림 같은 게 들어 있었다.

곰 인형 냉장고는 남아 있지 않지만 사진은 남았다. 가끔씩 앨범을 들여다보면서 저걸 만들 때의 기억이, 그 재미가 아직도 느껴져서 언니랑 둘이 신기하다고 입을 모은다.

그런가 하면 추석 때 나는 곰돌이 송편을 만들었다. 외할머니와 엄마와 언니와 나, 네 여자뿐인 우리 집에서는 차례상을 준비할 필요가 없었다. 하지만 우리는 조상이 아니라 우리 자신을 위해서 정성껏 맛있는 것들을 준비했다. 추석엔 송편이었다.

할머니는 송편 소를 밤, 깨, 콩, 세 가지로 준비했다. 밤을 미리 삶아서 파낸 다음 꿀을 넣고 으깨서 미리 밤소를 만들어 놓는다. 쑥 가루도 준비한다. 찔 때는 솔잎도 깔아야 하니 미리 시장에서 사 온다. 깨 송편, 콩 송편보다 달콤하고 보드라운 밤 송편을 좋아하는 어린이였던 나는 송편 준비의 큰 그림 내지 전체 계획과는 하등 상관없이 베짱이처럼 혼자 곰돌이 송편을 만들었다. 곰 인형을 좋아하는 어린이와 반죽이 만나 곰돌이 송편이 만들어지는 것은 어찌 보면 자연스러운 귀결이다.

하얀 반죽이 얼굴이라면 두 눈과 코는 검정콩이 적절하다. 가끔은 쑥색으로 코를 만들어 봤지만 역시 쑥 반죽은 귀 부분에 올려 배색을 달리 하는 정도로만 사용하는 것이 적절하다. 찜솥에 켜켜이 송편을 쌓을 때, 곰돌이 송편은 맨 위에 올라가도록 할머니께 말씀드린다. 다른 떡에 눌려서 소중한 곰돌이 송편 얼굴이 뭉개지면 안 되기 때문이다. 솔잎 자국이 나는 것도 안 될 일이다. 송편이 잘 익었는지 확인하는 순간에 나에게 무엇보다 중요한 것은 곰돌이 얼굴이 제대로 나왔는지 하는 점이었다. 예쁘고 귀엽기를 빌면서. 혹시라도 눈이 떨어져 나가지는 않았을지 마음졸이면서. 눈이 떨어져 나간 경우가 제일 안타까웠다.

곰돌이 송편이라고 해서 소를 안 넣고 맨떡으로만 만들면 맛이 없다. 그렇다고 늘 남는 콩을 소로 쓰면 절대 안 된다. 흰 떡에 다 비쳐서 얼룩덜룩해진 기괴한 모습의 곰돌이가 만들어지기 때문이다. 이런 주의사항을 잘 지켜서 예쁘게 만들어진 고운 곰돌이 송편들을 늘어놓고 한참 감상하다가, 아까워서 어떻게 먹느냐는 식구들의 얘기를 뒤로하고 입속에 쏙 넣던 추석날의 저녁이 바로 나에게는 보름달만큼 풍족한 순간이었다.

지금도 나는 뻥튀기만 보면 눈 두 개, 코 한 개를 뚫어서 술빵이로 금세 변신시킬 수 있다. 모닝빵도 겉 표면을 조금씩 떼어 내서 귀여운 모습의 곰돌이 얼굴을 만들 수 있다. 다른 건 잘 못 그려도 곰돌이 얼굴은 3초 만에 그려 낼 수 있다. 곰돌이 그리기에서는 눈과 코의 비율이 중요하고, 귀 모양이 중요하다.

외장하드에 '잔잔한 실수'라는 이름의 폴더를 따로 만들어 두었을 정도로 실수투성이인 내 인생에서, 가슴에 손을 얹고 생각해도 끝내 자랑스러운 것이 있다면 이런 것들이다. 귀여운 곰을 그리려면 눈과 눈 사이는 조금 먼 듯하게, 코는 조금 올라간 듯하게 그려야 한다는 사소한 팁 같은 것. 그리고 이런 걸 내가 습득하고 있다는 사실 자체다. 이것들은 고스란히 내가 갈고 닦은 능력이기 때문이다. 아무도 안 시켰는데도 말이다. '자기 주도적 곰 인형 탐구'라고 부를 수 있을 이 능력은 앞으로도 정성껏 키워나갈 예정이다.

위로 버전의 곰돌이

곰 인형은 감기에 걸리지 않는다. 나는 걸리지만.

　어린 시절부터 겨울이면 나는 늘 감기를 달고 살았다. 겨울이라고 특정하기 어려울 것 같기도 하다. 계절이 바뀔 때마다 그랬으니까. 옷장에서 지난 계절에 입었던 옷을 꺼내면 켜켜이 쌓여 있던 감기 기운의 기억이 딸려 나온다. 그래, 다시 코 푸는 시절이 찾아왔군. 나에게 환절기의 곰 인형은 다른 계절보다도 더 위로를 주는 존재다. 반려인형으로서의 몫을 톡톡히 하는 시기인 것이다.

　지난겨울에도 감기를 호되게 앓았다. 이미 겪은 주변 사람들이 증언하듯이 엄청난 근육통을 동반하는, 앓아 눕지 않을 수 없게 만드는 감기였다. 독감 검사는 음성으로 나왔지만, 회사에 하루 이틀 휴가를 내고 주말까지 며칠 동안 끙끙 앓았다. 가족들에게 옮길까 걱정이 되어 물컵도 수건도 따로 썼다. 코 푸는 소리가 방해가 될까 싶어 잠도 거실에 혼자 나와서 잤다.

새벽까지 코를 훌쩍거릴 때, 열이 나서 땀이 났다가 식었다가 할 때, 잠이 들었다가 깼다가 할 때, 외롭고 아픈 나와 고스란히 시간을 함께 보내 주는 존재는 반려인형뿐이다. 묵주를 돌리듯 인형을 만지작거리면서 털의 보드라운 감각에 집중하다 보면 콧물이 끊임없이 흐르는 괴로운 시간도 조금 수월하게 보낼 수 있다. 이렇듯 격리가 필요한 병에 걸렸을 때 반려인형은 특히 빛을 발한다. 혹시나 옮길 걱정 따위는 하지 않아도 되니까.

아플 때 곰 인형의 얼굴을 바라본 적이 있는지? 신기하게도 그럴 때는 한층 나를 걱정하고 돌봐주는 것 같은 얼굴이 되어 있다. 고통은 다른 사람과 공유할 수 없어 사람을 더욱 외롭게 만들지만, 술빵이는 내 모습을 투영시킨 존재여서 그런지 내 고통을 더 알아주는 것처럼 느껴진다.

이렇게 아플 때나 슬플 때나 나와 함께하는 곰 인형이 좋아서 나는 그런 때의 술빵이를 '위로 버전의 술빵이'라

+ 감기 조심하세요~ 같이 앓아 주는 듯한 순남이가 아플 땐 제일 의지가 된다.

++ 감기에는 깔린다 싶을 정도로 두툼하고 무거운 이불과 반려인형 두 마리 정도가
맞춤하다.

고 이름 붙였다. 위로 버전의 술빵이와 나는 앓아 누운 자리에서도 함께 논다. 이불과 한데 뭉쳐져 있기, 술빵이 코 앞에다 재채기하기, 내가 아니라 술빵이가 코 푸는 것 같은 설정 사진 찍기, 마지막으로는 끌어안고 잠들기……. 꿈인지 현실인지 모를 아득한 시간을 혼연일체가 되어 보내고 나면 술빵이와 나는 한층 더 친해져 있다.

다시 기운을 차리면 무엇을 할지 술빵이와 함께 이불 속에서 정해 본다. 맛있는 거 먹으러 가야지. 맞다, 그 드라마 봐야 하는데. 날씨 풀리면 좋은 데 놀러 가서 사진도 찍어야지.

아, 아낌없이 주는, 마음 넓은 간병 인형에게 무엇보다 우선적으로 필요한 것이 있다. 개운한 목욕이다.

곰 인형을 좋아하는 사람을 좋아하는 사람

20대의 어느 날, 친구랑 이상형 얘기를 하다가 나는 '사자 볼펜에 무릎 만들어 주는 사람'을 만나고 싶다고 말했다. 이런 확고하고도 구체적인 이상형이라니. 내 사자 볼펜의 팔다리는 운동화 끈과 비슷해서 관절이랄 게 없었다. 그래서 파닥거리게 만들 수 있었고, 재미없고 어렵기만 한 책을 읽어야 할 때는 흐물거리는 팔다리로 책장을 때리며(!) 통곡하듯이 울게 할 수도 있었다.

그렇게 인형놀이의 무궁한 가능성을 갖추고 있던 내 사자 볼펜. 부스스한 갈기를 이리저리 가르며 헤어스타일을 바꾸고 뒷다리를 구부려서 무릎을 만들며 놀다가, 과연 다른 사람이 나의 이 감정을 알아줄까? 그런 의문이 솟아났다. 인형의 반려자라는 정체성은 20대의 나에게 너무나도 중요했기 때문에 나의 이런 점을 알아주는 사람이면 좋겠다는 소망은 버릴 수가 없었다. 내가 인형을 좋아한다는 걸 알아보는 관찰력이 있는 사람, 상상력을 발휘할 줄 아는 사람, 나에 대한 호감을 내가 좋아하는 것에 대한 호감으로까지 키워 갈 수 있는 사람, 무엇보다 어린아이 같은 내면을 잃지 않은 사람을 만나고 싶었다. 그래서 사소한 일로도 같이 웃을 수 있으면 좋겠다고 생각했다.

몇 번의 연애가 있었지만 이상형에 가까운 사람은 도통 찾을 수가 없었고 없느니만 못한 관계도 있었다. 그런 거지 뭐. 심드렁해진 나는 이상형을 만나는 일을 유니콘과 마주치는 일처럼 현실 불가능한 일로 생각하게 되었다. 그러다 지금의 남편을 만났을 때, 이 남자가 정말 좋은 사람이고 놓치기 싫다는 사실을 차츰 깨닫게 되면서 인형 따위 모르는 이 평범한 남자에게 어떻게 내 곰 인형을 소개할 것인지가 관건이 되었다. 이를테면 나에게는 마지막 관문이었기 때문이다.

이 사람과 곰 인형 이야기를 할 수 있다면 정말 좋을 텐데. 너무 대뜸 인형놀이를 본격적으로 하면 미친 여자로 보이겠지. 이런저런 고민 끝에 나는 이 남자를 가랑비에 옷 젖듯이 곰 인형에게 익숙해지게 만들기로 했다(고 나는 생각한다). 남편에게 이제 와 물어보니 처음에는 좀 고민했다고 한다. 이 사람 좀 이상한 것 아닌가 하고. (이상하다는 생각 자체가 안 들게 하려고 그렇게 노력했었는데, 가랑비 작전은 실패인가!)

오해와 우연 속에 관계가 점차 깊어지면서, 나는 이 남자가 곰 인형을 스스럼없이 안고 다녔으면 좋겠다고 생각했다. 데이트할 때도 같이 다니고, 카페에 가서 사진도 찍고, 그렇게 나를 사랑한다는 걸 증명해 줬으면! 날 좋아하듯이 순남이를 예뻐했으면!

콧등에 땀이 송글송글 맺힐 때도 있었지만, 그는 점점 용기를 내어 순남이랑 같이 다니는 데에 익숙해져 갔고 함께 셀카를 찍기도 했다. 나로서는 곰 인형을 좋아하면서 하게 되는 여러 가지 놀이법을 초심자가 단계적으로 밟아 나가는 모습을 곁에서 지켜보는 기쁨도 있었다. 그래, 저럴 때지. 암, 종이컵에 넣고 싶어지지? 하면서. 그는 점점 과감해져서 급기야 찜질방에서 순남이랑 황토 팩도 나눠서 하고, 식혜 통에 빨대가 두 개 꽂혀 있으면 순남이한테 같이 마시자며 한쪽 빨대를 권하는 사람이 되었다.

널리 알려졌듯이 《해리 포터》 시리즈에서는 마법사 아닌 일반인을 '머글'이라고 부른다. 인형계의 머글이었던 남편은 그렇게 곰 인형을 좋아하는 사람을 아내로 맞아 반려인형의 세계에 입문하고 말았다. 웰컴 투 곰돌 월드.

결혼 직전, 집 앞에서 내가 연남이를 주워 오던 날, 남편은 어색해하고 불편해하면서 이렇게 말했다.

"내가 사 줄 수도 있는데, 굳이 주워 와야……."

엥? 이런 부분에서 로맨틱할 줄은 또 몰랐네? 하지만 운명적으로 데려온 연남이를 다시 내다 버릴 생각은 없었다. 그렇기는커녕 신혼여행에도 데려갔다.

결혼하고 얼마 지나지 않았을 때였다. 이태원에 놀러 갔다가 카페에 뭔가를 두고 와서 내가 화급히 길을 건너 갔다 와야 했다. 이미 우리는 다른 카페에 자리를 잡고 있던 터라 남편은 짐을 지키고 있기로 했다. 이 카페 저 카페를 돌아다니며 '도장 깨기'처럼 디저트를 맛보고 다니던 시절이었다. 다행히 찾던 물건은 자리에 그대로 있었고, 나는 남편한테 전화를 걸어서 찾았다고, 이제 돌아가겠다고 하고 끊었는데 걱정이 된 남편이 주섬주섬 짐을 챙겨서 맞은편 건널목 앞까지 나를 마중 나와 있었다. 술빵이를 에코백에 넣어 한 손에 든 채 남편이 나를 바라보고 손을 흔들었다. 하지만 술빵이는 그렇게 작지 않기 때문에 머리통이랑 양 팔이 비어져 나와 있다. 내 옆에서 신호를 기다리고 서 있던 사람들이 수군거렸다.

"저기 봐. 저기 강아지, 아니 곰돌인가?"

"어디?"

"저기 저 남자 가방 안에."

"샀나 보지."

"아니야, 산 건 아닌 거 같은데? 곰이 하얗지가 않아."

"뭐지?"

"뭐지?"

뭐냐면 제 남편입니다! 그리고 꼬질꼬질한 건 제 반려 인형이에요! 그 순간 나는 사자 볼펜에 무릎 만들어 주는 남자를 내가 만나고야 말았다는 사실을 깨달았다.

서당 개 3년이면 풍월 읊듯, 요즘은 남편이 먼저 술빵이 사진을 찍어서 나한테 보내 준다. 우리끼리의 이모티콘 같은 셈이다. 술빵이 사진 보면 웃을 수 있으니까. 상대방이 웃는다는 걸 아니까. 술빵이의 피곤한 얼굴, 기뻐하는 얼굴. 우리는 서로 그런 뉘앙스도 알아볼 수 있는 사이가 됐다.

남편과 나는 이제 진지한 자세로 술빵이 사진 찍기에

임하는 한 팀이다. 벚꽃이 필 때 술빵이 얼굴에 흩뿌려 주기 위해 남편은 바닥에 떨어진 꽃잎을 그러모아 온다. 멋진 풍경을 뒤에 두고 사진 찍을 땐 술빵이를 잡은 손이 보이지 않게 요령껏 들고 있을 줄도 안다. 어떤 때는 술빵이만 찍힌 사진보다도, 술빵이를 들고 있는 남편의 모습이 담긴 사진이 더 소중하게 느껴진다. 게다가 이제는 남편도 술빵이 사진을 꽤 잘 찍어서 정말 일취월장했는걸? 하고 혼자 감탄하기도 한다. 곰 인형의 반려자로 살아갈 남편의 앞날이 기대된다.

+ 한껏 멀리 날아오르는 술빵이와
남편의 손. 떨어뜨리지 않고
잘 받으려는 모습이 포착된
이 사진을 보면 "어어, 조심해!"
"안 돼!" "다시 한번!" 하며
사진 찍던 날이 떠오른다.

++ 장소는 달라졌어도 곰 날리기는
계속되고, 나는 남편의 손이
나온 사진이 점점 더 좋아진다.

2.

우리 곁의 반려인형들

수호랑이 있어서 다행이야

2018 평창 동계올림픽은 여러 사람에게 각별할 것 같다. 이렇게까지 올림픽을 즐기게 되다니, 이럴 줄은 나도 몰랐다. 국가주의를 고취하는 근대적 행사인 데다 시민들의 생활 체육과 동떨어진 엘리트 체육일 뿐이라며 눈 흘길 준비가 되어 있었으니까. 그런 내가 개막식에서부터 유쾌한 시각적 충격을 받았고, 컬링 경기에서는 전에 없던 짜릿함까지 느꼈으니, 스스로 의아할 정도이다.

　그중에서도 혼자 짐짓 고개를 끄덕거리며 옳거니, 그래, 하면서 기쁘게 바라본 관전 포인트가 있다. 수호랑과 반다비다. '마스코트가 이렇게 귀여울 일인가!' 나쁜 아니라 전

세계 사람들이 동시에 인형을 엄청나게 예뻐하는 모습을 지켜보는 일이란 정말이지 뿌듯하고 가슴 벅찬 경험이었다.

당시 트위터 계정 '올림픽 채널'은 수호랑이 국제올림픽위원회(IOC)가 선정한 역대 가장 매력적인 올림픽 마스코트 1위에 선정되었다고 발표했다. 2위는 2010년 캐나다 밴쿠버 올림픽 마스코트인 수미, 콰치, 미가였고 3위는 러시아 소치 올림픽 마스코트인 레오파드, 해어, 폴라베어였다. 1968년 그르노블 올림픽 때부터 마스코트가 있었으니, 이미 공개된 2020년 도쿄 올림픽 마스코트를 제외하고 세어 보더라도 스물다섯 종이 된다. 2, 3위를 듣고 보니 기억이 안 나서 IOC 사이트에 가 보았다. 이리저리 살펴봐도 내 눈에는 수호랑이 제일 예뻤다.

수호랑을 만든 디자이너들은 올림픽 기간 중 일간지에서 인터뷰를 하기도 했다. 평창 현지에서만 판매한다는 어사화 쓴 수호랑 인형은 품절 대란을 겪기도 했다. 올림픽 기간 중에는 하루가 멀다 하고 수호랑 팬아트가 쏟아져 나왔고, 드론으로 평창의 밤하늘에 수호랑의 모습이 수놓이기도 했다. 언론에 수호랑과 반다비 탈 인형을 세탁하는 업체의 사장님 인터뷰까지 나올 정도였다.

술빵이는 수호랑의 인기에 잠시 부러움과 질투를 느끼

는 것 같았지만, 그와 별개로 나는 수호랑 인형이 품절될세라 서둘러 잠실 모 백화점에 있는 평창 스토어로 달려갔다. 조마조마한 내 마음과 달리 수호랑과 반다비는 상자에 담긴 채 꽤 많이 쌓여 있었다.

'흠…… 이건가? 아니야. 이거? 아니야.'

"손님, 뭐 찾는 게 있으신가요?"

몇 분째 상자를 뒤적거리는 내게 점원이 다가와 친절하게 물었다.

"아, 아니요. 표정이 달라서요."

그렇게 말하자 점원의 의아해하는 눈길이 느껴졌다. 되돌아가지도 못하고 애매하게 계속 서 계셨는데, 나는 이런 내가 너무 이상해 보일 것 같아서 다시 어물거리며 답변을 이어 나갔다.

"이게 다 똑같지가 않거든요, 표정이…… 조금씩 다 다르거든요."

설명을 덧붙였는데도 반복일 뿐이잖아! 나는 내 안의 이 진지함을 알려 줄 길이 없다는 사실을 깨닫고 그 뒤로 침묵했다. 그렇다고 우리 집에 데려갈 녀석을 아무렇게나 고를 수는 없지. 고심해서 가장 수호랑다운 잘생긴 아이로 데려왔다. 어쩌다 보니 큰 수호랑, 작은 수호랑, 큰 반다비,

작은 반다비 이렇게 넷씩이나.

수호랑을 만든 디자이너는 일반적인 호랑이의 인상이나 형태보다는 훨씬 사람에 가깝게 만들었다고 말했지만, 내가 볼 때 수호랑의 매력은 이러한 귀여움 속에서도 늠름함을 잃지 않은 점이다. 대량 생산되는 봉제인형은 생각보다 표정에 차이가 크다. 눈썹이 너무 아래로 처져 있으면 패기가 안 느껴지고, 콧구멍이 너무 부각되면 돼지처럼 보인다.

트위터에 사람들이 수호랑을 예뻐하며 인형놀이를 즐기는 글이나 사진이 올라올 때면 짜릿함에 가까운 행복감을 느꼈다. 예전에는 일본 구마모토현의 마스코트 구마몬을 참 부러워했었는데, 이제 더는 부럽지 않다. 우리에게도 수호랑이 있으니까. 게다가 더 귀엽지!

평창 올림픽 기간 중에 수호랑과 노는 사람들의 인형놀이의 질(?)도 점점 높아졌다. 예를 들어 올림픽 시작 무렵 수호랑이 등장해 기자단 부스 등을 안내하는 영상에서는 수호랑을 쥔 사람의 손이 자꾸만 등장했다. 그러나 올림픽 후반부에는 수호랑의 움직임이 자연스럽고도 역동적이었고, 사람 손은 더 이상 보이지 않았다. 중계 카메라를 멘 뒷모습의 수호랑, 스키 점프를 하는 듯한 수호랑, 하프파이프 스노보드를 타고 뛰어오른 듯한 수호랑 등 다양한 장면이 포착되었다.

　우리 집에 온 수호랑은 올림픽 종목은 아니지만 장난감 카트도 타 보고 동영상도 찍으면서 즐겁게 시간을 보내고 있다. 술빵이와 연남이는 (우리 집에 유명 곰이 오셨다며) 처음에는 왠지 들뜬 것 같아 보였다. 그 이후로 우리 집 인형들은 다 같이 한 이불 덮고 자고 이곳저곳을 쏘다니면서 한 가족, 한 팀으로서의 정체성을 다져 나가는 중이다. 백호 수호랑이 점점 회색이 되어 가고 있지만, 그런 건 매력을 더해 주는 요소이니까 상관없다.

+ 수호랑을 데리고 국립중앙박물관의 평창 동계올림픽 기념 특별전
〈동아시아의 호랑이 미술〉을 보러 갔다. 백호 앞에서 유독 활짝 웃는 수호랑 녀석.

++ 준비, 출발! 장난감 카트에 타고서 (올림픽 종목은 아니지만) 새로운 경기를 즐겼다.

토끼 인형에게 차를 대접하는 호텔

여행 사진이 잔뜩 쌓이는 휴가철이 지나고, 이름난 곳에 가서 좋은 경치 속에 쉴 새 없이 사진을 찍고 와도 휴대폰 사진 앨범 속엔 내 얼굴 사진이 거의 한 장도 없다. 그냥 멋진 풍광만 담긴 사진도 없다. 그 어떤 절경에서도 온통 술빵이 사진, 순남이 사진뿐이다. 랜드마크를 배경으로 할 땐 반려인형한테 포커스를 맞춘다. 노트르담 성당이나 런던아이 같은 건 배경으로 흐릿하게 담는다. 여행지에서 나 대신 인증 샷을 남겨 주고 내 기분을 대신해 특별한 순간을 포착해 주는 소중한 반려인형들에게 난 속으로 이렇게 말한다. 내 몫까지 찍혀 줘.

+ 파리 노트르담 성당을 배경으로 찰칵.

빨간 날이 연이어 있기만 하면 어디론가 떠날 계획을 세우는 사람들도 많지만, 나는 그렇게까지 여행을 즐기는 편은 아니다. 인스타그램이나 잡지에 나오는 사진을 보면 좋아 보이기는 해도 오가는 고생과 돈이 더 생각난다. 유명한 곳에 가면 남들 다 가는 곳에 간 것 같고, 눈앞에 멋진 풍광이 있어도 컴퓨터 바탕화면 같네! 하게 되기 때문에, 이렇게 이미지가 많은 시대에 무엇을 더 보태랴 싶어진다. 갔다 와서도 이것이 과연 내 고유의 여행일까, 그런 생각도 든다. 낯선 곳으로 떠나는 것이 좀 무섭기도 하고.

연남이가 우리 집에 온 지 얼마 되지 않았을 때였다. 우리는 제주도로 여행을 떠나게 되었다. 신혼여행을. 당시 우리는 차가 없었는데, 나는 제주도에 가면 렌트를 할 수 있을 테니까 좋은 기회라며, 남편에게 연남이를 데려가야겠다고 말했다. 멋진 사진을 찍을 수 있다는 생각에 나는 엄청 신이 났다. 연남아, 외출이다! 처음으로 비행기를 태워 주겠어! 나의 이 제안에 남편은 "연남이는 조금…… 크지 않을까?"라고 작게 말했지만 들뜬 내 모습을 보고는 그 큰 덩치를 데려가는 데 선선히 동의해 주었다.

여름의 제주도는 큰 털 뭉치를 안고 다니기에는 아주 조금 덥고, 아주 조금 불편했다. 연남이를 뒷좌석에 태운 채 렌터카에 몸을 실었던 그 제주 여행에서, 우리는 기암 괴석과 넘실거리는 파도를 함께 바라보았다. 시원한 감귤 주스도 같이 마시고, 유람선도 함께 탔다. 공항 보안검색 대 통과만 (연남이는 바구니에 들어가야 해서) 따로 했을 뿐, 우리는 여행 내내 함께였다.

그러다 보니 어느새 여행의 목적이 반려인형 인증 샷 찍기로 변해 있었다. 인형을 놓고 사진을 찍다 보면 관광객들이 '뭘 하는 거지?'라는 눈초리로 신기하게 쳐다보는데, 그런 시선에 아랑곳 않고 촬영하는 기술도 늘었다. 대단한 건 아니다. 그냥 안 부끄러워하면 된다. 사람들이 다들 나를 주시하고 있는 건 아니니까 말이다.

곰 인형들과 여행이 잦아지면서 꼭 가 보고 싶은 곳도 생겼다. 아일랜드의 어데어 매너 호텔Adare Manor Hotel이다. 케이트라는 어린 손님이 두고 간 토끼 인형에게 투숙객을 응대하듯 온갖 서비스를 제공했던 곳이기 때문이다. 인형이 티타임을 즐기고 마사지를 받는 모습, 오이 조각을 눈에 얹고 선 베드에 누운 모습, 침대에서 리모컨을 끼고 있는 모습 등을 호텔 페이스북에서 보고 난 뒤, 이 호텔에 꼭 가겠다고 결심했다. 인형 친화적 호텔. 이런 위트와 여유라니. 분명 술빵이도 반겨 주겠지.

+ 어데어 매너 호텔에서 티 타임을 갖는 토끼 인형.

얼마 전에는 언니가 순남이와 함께 체르마트Zermatt로 여름 휴가를 떠날 예정이라고 알려 줬다. 언니는 한국을 떠난 지 9년째로, 지금은 스위스 바젤에 살고 있다. 순남이에게는 체르마트가 국내 여행이다. 왠지 부자 곰 인형 같다. 사실 순남이는 언니와 함께 스위스에서 1년의 절반쯤을 보내다가 언니가 서울에 올 때면 같이 비행기를 타고 와서 나머지 반 년은 나와 함께 지내는 생활을 반복하고 있다. 이렇게 쓰고 보니 더욱 부자 곰 인형 같다. 나는 언니와 순남이의 여름휴가에 뭐든 기여하여 같이 기뻐하고 싶은 마음이 들었다. 그래서 요새 발견한 튜브 모양의 컵 홀더가 있는데 순남이한테 딱일 것 같다고 운을 뗐다.

- 컵 홀더라니, 그게 뭔데?
- 수영장에서 음료를 물 위에 띄워 놓고
  마실 수 있게 되어 있는 물건이오.
- 그렇다면 바닥이 막혀 있다는 말이냐?
- 그러하오.
- 그렇다면 순남이를 태워도 젖지 않는다는 뜻이렷다.
- 맞소. 보내 줄 테니 화보 촬영을 하고 오시오.
- 알겠다.

나는 그 대화가 끝나자마자 튜브 컵 홀더를 득달같이 구매해서 우체국 국제특급우편으로 언니에게 보냈다. 튜브는 순남이의 귀여움을 돋보이게 할 것으로 신중하게 골랐다. 오리 모양, 야자수 모양, 파인애플 모양, 이렇게 세 개에 7천 원이었는데 배송비는 3만 원이 넘게 들었다. 빨리 보낸다고 보내는데도 혹시 못 받을 수도 있을 것 같아서 아예 숙소 주소로 보내 버렸다.

언니는 수영장에서 순남이를 데리고 한껏 여유를 누리는 사진을 보내 주었다. 이번 사진에 "튜브는 에디터 소장품"이라고 적을 수 있을 것이라며 나는 짐짓 기뻐했다.

나 역시 여행을 떠날 때는 술빵이를 두고 가는 법이 없다. 언니가 있던 바젤로 놀러 갔을 때는 거의 처음으로 유럽에 나가는 것이어서 술빵이와 두리번거리며 관광객의 설렘과 기쁨을 함께 맛봤다. 우와, 이런 데 살고 있었잖아! 언니도 참, 양심이 있으면 동네 사진 좀 찍어 보내고 그러지. 야속한 마음이 들 정도였다. 아니, 여기는 역 표지판도 왜 이렇게 멋진 거야? 쓰레기봉투까지 예쁘다, 뭐라고 적혀 있는지는 모르겠지만.

그곳에서 이국적인 유럽 풍경을 배경으로 이런저런 술빵이 사진을 수없이 남겼지만, 돌아와서 살펴보니 왠지 주

+ 유럽 여행을 처음 나온 술빵이는 관광지에서 한껏 얼어붙었다.
차렷 자세로 사진 찍은 모습이 내 마음을 대변한다.

눅 든 것 같은 첫날의 사진이 최고의 기념사진이 되었다. 내 마음과 똑같구나. 얼어붙어 있었구나. 쯧쯧.

난 역시 술빵이 없이는 여행 다니고 사진 찍는 일이 재미가 없다. 그리고 술빵이는 나 없이는 아무 데도 못 다닌다. 우리는 그렇게 이인삼각을 하는 느낌으로 서로 도우며, 마음이 연결된 듯한 사진을 남기면서 조금씩 조금씩 여행 반경을 넓혀 가고 있다.

비행기에 탔으니까
이제 중요한 걸
또 알려 주겠다.

잘 때 자더라도
"기내식 나올 때 깨워 주세요"
스티커 붙이고 자라.

뭔데 뭔데?

알겠어 형.

형 말대로
영화도 보고

나왔다,
기내식!

술빵이의 친구, 테드와 밍키

나의 플리커flickr 친구들 가운데는 웬디 해리스 할머니가
있다. 한번도 만나지는 못했지만, 은퇴한 남편과 재미있게
지내는 잉글랜드 분으로, 곰돌이 테드의 반려자이다. 할머
니는 잉글랜드 축구팀을 응원할 땐 열광적인 팬의 모습으
로 테드를 붉은 테이프로 감아서 분장시킨다. 할머니가 정
한 테드의 생일엔 다른 친구 곰돌이들을 모아서 조촐한
파티도 연다. 〈유로비전〉 같은 재미난 프로그램을 할 땐
곰돌이들이 텔레비전 앞에 옹기종기 모여 앉는다. 모두 플
리커 사진들에서 본 것이다.

　나는 할머니의 얼굴조차 본 적이 없지만 곰 인형 테드

를 통해 할머니가 퍼즐 맞추기를 좋아한다는 것, 테드의 생일이나 크리스마스 같은 특별한 날에는 근사한 요리를 하거나 과자를 구워 주신다는 것 따위를 알게 됐다. 술빵이가 퍼즐을 맞추는 사진을 찍어 올렸더니 웬디 할머니가 "포기하지 말고 모서리부터 맞춰Don't give up yet, complete the edge first!" 하며 응원해 준 적도 있다.

밍키의 여행 일기Minkys travel diary라는 페이스북 페이지를 운영하는 친구도 있다. 이 계정의 운영자도 개인적인 친분은 없지만, 페이지에 등장하는 밍키라는 검은 고양이 인형은 이미 친근하다. 밍키는 눈 덮인 산이나 석양이 드리운 풀밭 등 대자연을 배경으로 한 사진을 주로 찍는다. 우리는 서로 더 장엄한 사진을 올리고 댓글을 남기며 기뻐하는 사이다.

인스타그램에도 친구들이 생기고 있다. 코 주변이 더러워진 낡은 인형은 단번에 알아볼 수 있다. 사진만 보는 사이인데도 이건 뭐 십년지기가 아닐까 싶을 정도로 비슷해서 깜짝 놀랐다. 인형을 날려서 허공에서 사진 찍는 '곰 날리기'를 하고 논다니! 인형한테 옷 해 입히고, 여행지에 데려가고, 맛있는 것 먹으면서 사진 남기는 것도 똑같다. 자기 인형 몸무게 달아 보는 사진이 올라온 것을 보고는 헉,

+ 테드는 축구를 좋아한다. 나중에 테이프 뗄 때 털 뽑히는 것쯤은 패념치 않는
진정 용감한 팬이다.

++ 고양이 밍키는 하이킹을 좋아한다. 대자연을 느끼며 이 나무 저 나무에
앉아 있곤 한다.

맞아! 나도 해 봤었는데! 순남이는 50그램인데! 그런 영혼의 맞장구가 용솟음쳤다.

트위터에도 인형의 반려자들이 계시다. 어쩜 그렇게 똑같을까 싶을 만큼 유년의 기억마저 비슷해서 놀라고 만다. 언젠가는 만나 뵐 수 있으려나. 별 하나에 이름 하나씩 부르듯 속으로만 불러 본다.

요즘 우나기 여행사 페이스북 페이지(@unagitravel)에는 동영상이 많이 올라와서 보는 재미가 더해졌다. 일본의 우나기 여행사라는 곳에서는 인형들을 위한 휴가 프로그램을 제공한다. 바쁜 사람들을 대신해 여행사가 그들이 아끼는 인형을 여행 보내고 사진을 찍는 투어 프로그램이다. 마치 영화 〈아멜리에〉에 나오는 난쟁이 인형이 세계 곳곳을 돌아다니듯 말이다. 그런 인형을 보는 것만으로도 반려 인형의 주인들은 대리만족을 한다. 물론 같이 여행을 떠난다면 더욱 좋겠지만 말이다.

웬디 할머니, 아니 정확하게는 곰 인형 테드의 사진을 들여다보면서 생각한다. 할머니가 자기 얼굴에 붉고 흰 깃발을 그려 넣는 대신 테드를 통해서 열정을 간접적으로 표출하는 것이라고. 나 또한 알프스에 놀러 가 설산을 배경으로 대자연의 아름다움을 만끽할 때 반려인형 순남이

가 필요하고, 처음으로 쿠키를 구웠을 때는 그 조마조마함
과 뿌듯함을 기념하기 위해 연남이가 필요한 것이라고. 이
렇게 간접적인 인간형이라는 자각이 생기면서, 그런 사람
이 나만이 아니구나 하는 안심도 들었다. 인형을 통해 자
기 마음을 표현하는, 굴절된 감성을 가졌지만 사랑스러운
사람들에게 좀 더 좋은 사진으로 부응하고 싶다.

+ 설산을 넘는 순남이. 엉덩이 따위 시렵지 않다.

출근하는 곰 인형, 미저리 베어

나는 회사에서 이른바 '곰밍아웃'을 했다. 사내 분위기가 근엄하지 않은 편이라 가능한 일이었다. 신입사원 시절, 어쩌다 곰 인형을 회사에 데려갔는데 동료들의 반응이 나쁘지 않았다. 한 번이 두 번 되고, 그러다 야유회에도 데려가고, 노조 총회 때도 앉혀 두고, 회식 자리에도 참석시키고, 그러다 보니 자연스럽게 회사 동료들에게 '아, 저 사람은 곰 인형을 굉장히 좋아하지'라고 인식되었다. 이제는 사무실에 술빵이를 데려가면 선후배들이 심상하게 "오랜만에 왔네?" 하고 인사를 건넨다. "오랜만에 데려왔네요?"가 아니니까 술빵이한테 건네는 인사말이다.

얼마 전에는 순남이를 데려갔더니

"아이구, 순남이 왔구나! 순남이 진짜 오랜만이네?"

"아냐, 지난달 회의 때 본 것 같은데?"

"아, 그랬어?"

"맞아. 나도 봤어."

"텀블러 옆에 있었잖아."

"아, 기억날 것 같아."

이렇게들 반겨 주며 대화를 이어 가서 정말 순남이가 직원이라도 된 것 같은 느낌이 들었다.

회사에 반려인형을 데려가면 말할 수 없이 큰 위안이 된다. 조금 과장하자면 책상 위에 올려놓은 순남이를 바라보고 있을 때는 그 어떤 스트레스도 견딜 수 있을 정도다. 요즘은 반려동물을 데려올 수 있게 하는 회사도 있다는데, 반려인형은 짖지도, 돌아다니지도 않으니 훨씬 더 '비즈니스 프렌들리'한 존재다. 민폐랄 것이 없다. 조금 이상해 보일 수는 있겠지만.

한국 사회는 노동 시간이 엄청 길고, 회사라는 조직은 여전히 위계질서와 의전 따위로 가득하다. 그 속에서 조금이라도 자기가 좋아하는 것을 드러내는 일이 더 많아졌으면 좋겠다. 개성 있는 사람들이 함께 모여 기분 좋게 일하더라도 회사는 힘든 곳이기 때문이다.

회사 일의 고됨을 잘 보여 주는 곰 인형 영상이 있다. 영국 BBC에서 웹 콘텐츠로 만든 《미저리 베어》 시리즈 가운데 〈미저리 베어, 회사에 가다 *Misery Bear Goes to Work*〉 편이다. 2분 30초짜리 이 유튜브 영상은 전 세계적으로 인기를 끌어 조회수가 160만이 넘는다.

영상은 멍한 표정을 한 곰돌이의 출근길로 시작한다. 엘리베이터에서부터 축 처진 어깨로 등장하는 피곤한 곰 인형은 우리들의 모습 그대로이다. 모닝커피로 정신을 차리고 일을 해 보려고 하지만, 이름마저 안타까운 주인공 '미저리 베어'는 쌓여 있는 문서와 맛없는 점심 샌드위치, 해도 해도 끝이 없는 일거리 속에서 허우적거린다. 끝내 스트레스를 견디지 못하고 미저리 베어는 복사기에 얼굴을 넣기도 하고, 키보드에 머리를 쾅쾅 짓찧기도 한다. 슬픈 이 영상의 결말은 직접 확인하시길.

이 영상을 보고 나의 곰 인형 사랑을 더욱 과감히 밝히기로 했다. 회사 전자결재 시스템 서명 란에 내 이름 세 글자를 적고 그 위에 술빵이를 그려 넣었다. 그림판 프로그램을 켜고 마우스로 심혈을 기울여 눈과 코와 귀를 그렸다. 서명 이미지는 환경 설정에서 사용자 지정으로 각자

다르게 업로드 할 수 있으니 안 되는 일을 억지로 벌인 건 아니었다. 처음 사장님께 결재를 올려야 하는 순간에는 잠깐 멈칫했지만 경직된 회사가 아니니까, 하는 생각으로 첫 결재를 올렸다. 서명 란에 곰돌이가 그려져 있다고 반려당하는 것도 이상하지 않겠는가?

그렇게 다들 조금씩 더 이상해져도 괜찮다고 생각한다. 과로하는 회사원들은 몸의 건강만큼이나 정신 건강을 잘 돌보아야 하니까. 웃음기 어린 순간을 한 톨 한 톨 그러모아 두었다가 괴로울 때 꺼내 보면 그 괴로움을 좀 더 잘 넘길 수 있다. 평소에 조금이라도 악착같이 더 즐거워지자.

예전에 동물원 겸 놀이공원에 갔다가 곰돌이 귀가 붙어 있는 머리띠를 사 왔다. 뭐든 꼭 곰돌이로 된 걸 사게 된다. 놀이공원에서 써 봤을 때는 되게 점잖다고 생각했는데, 막상 하고 다니려니까 조금 부끄러웠다. 하지만 일이 바빠서 야근이 쭉 계속될 때는 한동안 그 머리띠를 하고 일했다. 곰돌이 기운이 필요한 순간이었다. 이렇게까지 바쁜 상황임이 주위에 알려지는 효과도 있었다. 무엇보다 나스스로 야근에 소진되지 않게 되는 특별한 효과가 있었다. 이거 끝나면 뭐 하고 뭐 해야지, 그렇게 유예하는 것이 아니라 바쁜 지금의 상황에 의미를 부여하는 효과였다.

영국에서는 매년 10월 둘째 수요일을 "직장/학교에 곰 인형 데려가는 날"로 정해 기념하는 문화가 있다고 한다. 어디서 유래했는지는 모르지만 꽤 많은 사람들이 기꺼이 기념하는 듯하다. 궁금하신 분들은 인스타그램이나 트위터에서 "#BringYourTeddyBearToWorkDay"라는 해시태그로 검색하면 올 10월 10일에 출근/등교한 곰돌이 사진이 보일 것이다. 스캐너 곁에도, 키보드 옆에도, 머그컵에 담긴 따뜻한 커피 한 잔과 함께 곰 인형이 있으니 반려 인형인들에게는 완벽한 하루였을 것이다.

보들보들파와 딱딱파

인형을 좋아하는 사람들을 두 종류로 나누어 본다면, '보들보들파'와 '딱딱파' 아닐까? 보들보들파는 솜이 든 털 뭉치 인형을 좋아하는 사람들이다. 곰일 수도, 강아지일 수도, 토끼일 수도 있겠지만 어쨌든 동물의 형상을 띠고 있을 것이다. 이런 인형들은 대체로 포유류의 어린 시절 모습을 모방해서 만든다. 귀여움을 강조해서 우리 안의 보호 본능을 이끌어 내는 것이다.

테디 베어야말로 보들보들파를 이끄는 리더 격 존재다. 곰 인형에게 '테디 베어'라는 이름이 붙은 유래는 잘 알려진 대로다. 미국의 26대 대통령 시어도어 루스벨트가

1902년 11월, 미시시피로 곰 사냥을 나섰다. 대통령은 사냥에서 별 성과가 없었다. 그런데 루스벨트가 곰을 잡았다고 할 수 있게끔 다른 사람들이 늙은 흑곰을 생포해서 그의 앞에 대령했다. 루스벨트는 그런 식으로 사냥에 성공한 척하는 게 정정당당하지 않다고 여겨 곰을 쏘라는 제안을 거절한다. 루스벨트가 곰에게 총을 쏘지 않았다는 일화는 신문 만평에 실리며 알려진다. 처음에는 큰 곰으로 표현되었지만 이후 아기 곰으로 다시 그려진 이 만화를 보고 장난감 가게 주인 모리스 미치텀Morris Michtom은 자기가 만든 곰 인형에 루스벨트의 애칭 '테디'라는 이름을 붙인다. 그

+ 1902년 〈워싱턴 포스트〉에 실린 만화.

이후 이 봉제 곰 인형의 인기는 루스벨트의 정치적 인기와 더불어 높아져 갔고, 20세기의 수많은 전장의 아이들에게 위로가 되어 주었다. (시어도어 루스벨트 협회, 〈진짜 테디베어 이야기〉 내용을 참고)

1차 세계대전 당시 어린이들에게 위로를 주었다는 이유로 훈장을 받은 테디 베어도 있다. 당시의 어린이들에게는 전쟁의 공포와 두려움을 떨칠 무엇인가가 절실히 필요했을 것이고, 테디 베어는 가능한 최고의 위안을 제공했을 것이다. 그런 이유로 영국 정부는 1920년대 초, 1차 세계대전이 끝난 뒤에 당시 인기 있던 테디 베어 모델 중 하나에게 '전쟁 중 어린이들에게 위로를 준 공로'로 명예 훈장을 수여한 것이다. 전쟁 중에 만들어진 이 모델은 부드러운 솜이 아니라 짚과 섬유 조각으로 안이 채워져 있다고한다. (김혁, 《나는 장난감에 탐닉한다》 참고)

전쟁 중에는 더더욱 그랬겠지만, 털 뭉치 인형들이란 이렇듯 품에 안기고 쓰다듬어지고 비벼지기 위해서 존재한다. 그렇게 털이 빠지고 솜이 눌리고 코가 닳고 냄새가 배고, 점점 낡아 가면서 반려인형으로서의 매력이 완성된다.

반면 딱딱파는, 인형을 만지며 촉감을 만족시키기보다는 눈으로 보고 머릿속으로 감상하기를 즐기는 사람들이다. 그들은 캐릭터가 주는 서사 구조 안에서 즐거움을 찾으며, 많은 경우 수집 욕구와 소속 욕구를 가지고 있다. 잘 보이는 장식장 안, 또는 책상 위가 이 딱딱파의 반려인형들이 자리할 곳이다. 귀여운 동물보다는 사람이나 그에 준하는 형상인 경우가 더 많다.

미니 피겨 완구를 예로 들자면, 독일의 장난감 브랜드 '플레이모빌'이 대표적일 것이다. 1974년 첫 번째 테마를 출시한 이래 지금까지 이 회사는 사회적 흐름에 발맞춰 역사적 고증과 유머를 곁들여 가며 계속 새 디자인을 선보여 왔다.

딱딱파 인형들은 디테일한 묘사만으로 우리에게 쾌감을 준다. 워낙 다양한 피겨가 있다 보니 그 안에서 자신의 정체성을 드러내 주는 인형을 골라 보는 재미도 있다. 예컨대 도시 생활City Life 시리즈 중에서 병원이라고 하면 그 안에서 별도의 엑스레이실과 진료실 등이 나뉘고, 치과의사와 환자 피겨가 따로따로 구현되어 있는 식이다. 공주, 요정, 인형의 집 같은 테마 외에도 히스토리아Historia 시리즈에는 퀴리 부인이나 고흐 등의 인물이 있어서 수집 욕구를 자극한다. 2017년에 출시된 돈키호테 피겨는 수염과 긴 창, 방패를 들고 로시난테를 탄 모습이고, 페르메이르의 그림 속 우유를 따르는 여인을 형상화한 피겨도 있다. 미스터리 피겨Mystery Figure 시리즈는 열두 개의 피겨가 랜덤으로 들어 있어서 뜯어보기 전에는 안에 무엇이 들어 있는지 알 수 없는 재미가 있다.

미니 피겨를 바라보고 있노라면 집에 두고 지내는 작은 불상이나 성모상과 비슷하다는 생각이 든다. 세월이 지나 언젠가 생활문화사적 측면에서 이 인형들이 조명받을 때는, 곁에 두고 바라봄으로써 날마다 마음의 평정심을 얻는다는 점에서 종교적 형상물들과 비슷한 지위를 얻지 않을까 싶다. 사실 요즘 사무실을 보면 저마다 컴퓨터 모니터 곁에 귀여운 캐릭터 인형이 하나쯤 있다. 애니메이션 〈인사이드 아웃〉 속 캐릭터 슬픔이 인형, 녹아 버릴 듯 흘러내리는 계란 캐릭터 구데타마 인형 등에 감정 이입하는 직장인이란 주변에 이미 흔한 풍경이다.

보드라운 인형과 딱딱한 인형. 나는 물론 뿌리 깊은 보들보들파다. 사실은 보들보들파의 입장에서, 곰 인형을 데리고 다니는 사람의 마음에는 쉽사리 공감하고 딱딱파 인형을 사들이는 사람은 컬렉터에 불과할 뿐이라고 생각한 적도 있다. 반려인형처럼 교감하는 것은 아니지 않을까, 진정한 반려인형이라고 보기 어렵지 않은가, 하고. 그러다 어느 예능 프로그램에서 집을 공개한 코미디언 김신영 씨의 모습을 보고 이 또한 나의 편견임을 깨달았다. 드래곤볼, 슈퍼마리오, 스타워즈, 원피스 등 다양한 캐릭터의 피겨들을 장식장에 모아 두고 있었는데, 여기까지는 그냥 정말 많이 수집하는구나 하고 생각한 정도였지만, 어렸을 때부터 피겨 장난감들과 대화를 나누며 마음을 달랬고 지금도 우울할 때면 이야기를 나누기도 한다는 대목부터는 생각이 바뀌었다. 피겨들은 수많은 이사에도 없어질세라 간직해 왔던, 절대 떠나지 않고 오랫동안 말없이 그녀의 곁을 지켜 주던 존재들이었다. 그녀는 "그 자리에 놓으면 그 자리에 있어 주는 게 피겨들"이라고 말했다. 이 말이 내 마음속에 깊이 들어와 박혔다. 그러고 보니 다른 예능 프로그램에 피겨를 몇 개 데려와서 소개할 때 김신영 씨는 이중에 돈이 되는 귀한 아이템이 있느냐는 짓궂은 질문에, '레어템' 같은 건 필요 없다며, 자신은 단지 이것들을 좋아하는 것일 뿐이라고 소신을 밝혔었다. 피겨 인형을 바라보고 말을 걸고 이를 통해서 외로움을 덜고 마음의 안식을 취할 수 있다면, 언제까지나 곁에서 함께할 것을 약속한다면, 어째서 반려인형이 아니라고 하겠는가.

밤마다 깨어나는 공룡 인형들

곰 인형이 살아 움직이면 어떨까? 정말 좋겠지?

내가 잠든 사이에 술빵이랑 연남이랑 순남이가 슬금슬금 일어나 서로 얘기를 나누는 게 아닐까 하는 상상을 종종 한다. 침대에서 분명히 같이 잠들었는데 아침에 술빵이가 바닥에 떨어져 있으면 진짜 그런 일이 벌어지는 게 아닌가 싶다. 침대 바로 밑이 아니라 저 멀리에 떨어져 있을 때도 있는데, 의심할 만한 상황임에 틀림없다.

이런 기분 좋은 상상은 내 삶의 윤활유 같은 것이다. 애니메이션 〈토이 스토리〉를 볼 때면 살아 움직이는 인형들의 모습에 가슴이 두근거렸다. 영화 〈A.I.〉에서도 곰돌이

로봇이 걸어 다니는 장면이 가장 인상 깊었다.

그러던 어느 날, 공룡 인형들이 살아나서 집을 엉망으로 만든 사진집을 보게 되었다. 미국 캔자스시티에 사는 사진가 리프 튜마와 수전 튜마는 네 명의 자녀를 키우는데, 아이들에게 "얘들아, 지난밤에 공룡들이 나타나서 집을 엉망으로 만들었어! 이리 나와 봐!"라고 말하며 유쾌한 장난을 쳤다. 아이들의 경탄을 이끌어 내는 데 성공한 이 부부는 이후로도 기꺼이 공들여 한 달 내내 집을 어지럽혔다. 아이들은 공룡들이 한 짓으로 알고 즐거워했다.

플라스틱 공룡 인형들은 화장실에 두루마리 휴지를 잔뜩 풀어놓고, 싱크대를 거품 천지로 만들고, 시리얼 상자를 엎어 난장판을 벌였다. 어느 날은 계란을 깨뜨리고, 어느 날은 베개 싸움을 하고, 어느 날은 벽에 크레용으로 낙서를 했다. 이 흔적들은 그들이 만든 사진집에 고스란히 남았다. 어떤 사진에는 티라노사우루스가 바나나를 통째로 먹고 있고, 다른 사진에는 스테고사우루스가 계란을 깨뜨린 뒤 노른자를 밟기 직전이다. 이들 부부의 홈페이지(dinovember.com/dinovember)에서 확인할 수 있는 사진들이기도 하다.

공룡 인형 덕분에 한껏 재미있는 시간을 보낸 이 가족

은 공룡과 함께 보낸 11월을 '다이노벰버dinovember'라고 이름 붙였다. 이 부부의 위트 넘치는 이벤트는 여러 해 동안 계속되었다. 그 결과물이 모여 《지난밤에 공룡들이 한 일》이라는 사진집과 후속작 《학교에서 공룡들이 한 일》이 되었다.

이 가족의 유쾌한 상상이 독자들의 즐거움으로 번져 가는 모습을 보며 생각했다. 창의력이 별건가? 공룡 인형이 밤마다 일어나 걸어 다닌다는 상상이 창의력의 출발점이다.

우리나라에도 이런 상상력의 선구자가 계셨다. 작가 피천득 선생이다. 그는 생전에 인형들에게 안대를 씌워서 재

+ 사진집 《지난밤에 공룡들이 한 일》과 후속작 《학교에서 공룡들이 한 일》.
과연 공룡들이 어떤 모험을 벌일지, 두렵지 않을 수 없다.

울 정도로 인형의 충실한 반려자였다. 수필집 《인연》에
〈서영이와 난영이〉라는 글로도 나타나 있는데, 딸에게 인
형을 사다 준 에피소드는 참 감동적인 데가 있다.

> 나는 이 인형을 사느라고 여러 백화점을 여러 날 돌아다
> 녔습니다. 인형은 처음에는 백화점에 같이 나란히 앉아
> 있는 친구들을 떠나 낯선 나하고 가는 것이 좀 불안하였
> 을 것입니다. 그러나 내가 상자에 들어 있는 저를 들고
> 오지 않고 안고 왔기 때문에 좀 안심이 되었을 것입니다.
> 귀국할 때도 짐 속에 넣어 부치지 않고 안고 비행기를
> 탔습니다. 떠나오기 전에 난영이라는 이름을 지어 주었
> 습니다. 한국에 와서 살 테니까 한국 이름을 지어 준 것
> 입니다.
>
> – 피천득, 《인연》에서

인형을 선물하는 기쁨이 이토록 잘 드러난 글이 있을
까? 작가 특유의 소박하고 천진한 감성, 그리고 딸에 대한
사랑을 흠뻑 느끼며 따라 읽는다. 시간이 지나 딸 서영은
미국으로 공부를 하러 떠나고, 작가에게는 인형 난영이만
남는다.

서영이를 떠나보내고 마음을 잡을 수 없는 나는 난영이를 보살펴 주게 되었습니다. 날마다 낯을 씻겨 주고 일주일에 한두 번씩 목욕을 시키고 머리에 빗질도 하여 줍니다. 여름이면 엷은 옷, 겨울이면 털옷을 갈아입혀 줍니다. 데리고 놀지는 아니하지만 음악은 들려줍니다. 여름이면 일찍 재웁니다. 어쩌다 내가 늦게까지 무엇을 하느라고 난영이를 재우는 것을 잊어버릴 때가 있습니다. 난영이는 앉은 채 뜬눈을 하고 있습니다. 이런 때는 참 미안합니다. 내 곁에서 자는 것을 가끔 들여다봅니다. 숨소리가 들리는 것 같습니다. 난영이 얼굴에는 아무 불안이 없습니다. 자는 것을 바라보면 내 마음도 평화로워집니다.

- 피천득, 《인연》에서

생전의 작가 인터뷰와 사진들을 보면 난영이 곁에는 잘생긴 곰 인형들이 더 있다. 한 마리를 선물받았는데 심심할까 봐 다른 곰 인형을 들였다고 한다. 인형 난영이는 눕히면 눈을 감을 수 있게 만들어져 있지만 곰돌이들은 눈을 감을 수 없어서 푹 자라고 안대를 씌워서 재워 줬다는 것도 인터뷰를 통해 알게 됐다. 가히 반려인형계의 선구자이시다. 곰돌이들한테 안대를 씌워 주는 마음도 뜬금없이 생긴 게 아니라 눈을 떴다 감았다 할 줄 아는 인형 난영이 옆에 있어서였다. 그럴 법한 상상이면서도, 소중한 감성이다. 안대를 하고 가운을 걸치고 있는 곰돌이들은 사랑받은 인형답게 의기양양해 보인다.

아마도 전세계적으로 가장 사랑받은 곰돌이일 '곰돌이 푸'의 탄생에도 재미있는 일화들이 숨어 있다. 영국의 작가 알렉산더 밀른Alan Alexander Milne은 아들 크리스토퍼 로빈과 함께 런던 동물원을 자주 찾았다. 로빈은 '위니'라는 이름의, 캐나다 위니펙에서 온 흑곰을 특히 좋아했다. 그렇게 해서 아들 로빈의 테디 베어를 주인공으로 삼아 밀른이 지어 낸 이 귀엽고 사랑스러운 이야기 시리즈에 《위니-더-푸》라는 이름이 붙은 것이다. (푸의 실제 모델이 된 곰 위니 이야기는 《위니를 찾아서》라는 그림책으로도 나와 있다.)

그런데 이 '푸' 시리즈의 예상치 못한 엄청난 인기 덕분에 로빈은 친구들에게 놀림을 받기도 하고 언론의 지나친 관심에 노출되어 오래도록 고통받았다고 한다. 그래서 이 이야기는 더 후속 권을 잇지 못하고 4권으로 마감되었다고 한다. 하지만 나를 비롯한 독자들에게 곰돌이 푸의 여유로움과 따뜻함, 느긋함 같은 매력은 지금까지도 빛이 바래지지 않고 이어지고 있다. 특히 디즈니 애니메이션이 아니라 원작의 일러스트를 보면 담담하고 소박한 매력이 돋보인다. 이 그림들은 일러스트레이터 어니스트 하워드 셰퍼드Ernest Howard Shepard가 크리스토퍼 로빈의 실제 인형들을 모델로 해서 그렸지만, 푸만큼은 로빈의 곰 인형이 아니라 셰퍼드 자신의 아들이 갖고 있던 반려인형 '그로울러Growler'를 모델로 한 것으로 알려졌다. 로빈의 곰 인형이 너무 무뚝뚝하게 생겨서 좀 더 살가워 보이는 녀석을 모델로 삼았다고 한다. (영국 일간지 〈가디언〉의 "The real Winnie -the-Pooh revealed to have been Growler" 참고) 역시 자기 곁의 인형이 제일 귀엽게 보였던 게 아닐까? 곰 인형의 토실토실한 엉덩이, 쭉 뻗은 팔, 동글동글한 귀. 그림 속의 이런 묘사가 책의 인기에 큰몫을 했다. 이 인형 그로울러(우리말로 하자면 '으르렁이')는 현재 남아 있지 않다고 하니 아쉬울 따름이다.

곰돌이가 나오는 또 다른 이야기도 있다. 영국의 계관 시인 존 베처먼John Betjeman 경은 어릴 적부터 함께 지내던 곰 인형을 평생 아꼈다고 한다. 이 시인의 곰돌이는 정식 이름이 'Archibald Ormsby-Gore'인데 줄여서 '아치Archie'라고 불렀다고 한다. 이 시인은 옥스퍼드 대학에 진학했을 때 아치를 데려갔고, 그 덕분에 옥스퍼드 동창인

작가 에벌린 워Evelyn Waugh가 《다시 찾은 브라이즈헤드 *Brideshead Revisited*》라는 장편소설을 쓸 때 아치를 모델로 한 곰 인형을 등장시켰다고 한다. 그렇게 해서 《다시 찾은 브라이즈헤드》에는 주인공의 절친한 친구 서배스천이 소중하게 여기는 '앨로이시어스Aloysius'라는 곰돌이가 나온다.

> 서배스천의 곰 인형이 운전석에 앉아 있었다. 우리는 인형을 가운데 앉히고("애 차멀미 안 하게 조심해 줘.") 출발했다.

> "서배스천 경이 뭘 주문하셨는지 맞혀 보시렵니까? 글쎄 곰 인형용 빗입니다. 꼭 아주 빳빳한 털이어야 한다고 하셨는데, 빗어 주려는 게 아니라 샐쭉해할 때 그걸로 때려 주겠다고 위협하는 용도라지 뭡니까. 상아 등판을 댄 정말 고급 빗을 사셨는데 '앨로이시어스'라고 새기신다네요, 그 곰돌이 이름이라면서."

> – 에벌린 워, 《다시 찾은 브라이즈헤드》에서

이렇게 아무렇지 않아도 되는 것인가 싶을 정도로 엄청나게 인상적인 곰돌이의 등장이었다. 앨로이시어스가 등장하는 이 소설은 TV 드라마와 영화로도 만들어졌는데,

+ 영화 〈브라이즈헤드 리비지티드〉의 한 장면. 곰돌이 앨로이시어스를
아무렇지도 않게 안고 있는 서배스천 역의 배우 벤 휘쇼에게 반할 뻔.

낭만적이고도 위태로운 분위기가 흠씬 느껴지는 작품이었다. 특히 배우 벤 휘쇼가 서배스천 역할을 맡은 2008년 작 동명 영화를 보고, 그가 곰 인형을 안고 나오는 장면에서 나도 모르게 꺅 소리를 지르고 말았다. 서배스천의 방탕하고도 불안한 성격이 참으로 매력적이었는데, 잘생긴 영국 배우가 실제로 낡은 곰돌이를 안고 다니는 모습이 인물의 매력을 한층 끌어올려 준다는 사실을 실감하게 되어서였다. 저런 모습의 '반려인형을 든 미남'도 가능하구나. 저 곰돌이는 참 좋겠다. 언젠가는 술빵이도 어떤 소설속의 한 구석에 잠깐이라도 등장할 수 있다면 정말 좋겠다는 상상을 보태 가면서, 파국을 맞는 서배스천과 더불어 점점 더러워지고 내팽개쳐지는 곰돌이 앨로이시어스의 명연기를 감상했다. (벤 휘쇼는 이후 《패딩턴》 시리즈에서 곰돌이 패딩턴 목소리를 맡아 연기했는데, 곰 인형이랑 같이 연기 좀 해본 사람이어서인지 패딩턴 역할도 참 사랑스럽게 잘 해냈다.)

50그램의 묵직한 위로

작은 곰 인형 한 마리가 주는 위로를 확실히 아는 사람으로서, 고된 일정이 예견되는 날에는 미리 대비를 한다. 현관문 앞에 술빵이를 데려와서 문 쪽을 바라보게 앉혀 놓고 출근하는 거다. 술빵이는 자세가 참으로 자유로운 인형이라 잘 앉히려면 요령이 필요하다. 엉덩이를 평평하게 하고, 이렇게 저렇게 잘 앉히면…… 어이쿠 누워 버렸네. 다시 벽에 기대서라도 앉혀 놓는다. 얼굴을 이 방향으로 해 놓고 가면 이따가 저녁에 문 열고 들어오자마자 술빵이 얼굴이 보이겠지. 후후후, 좋아. 잘 있어! 이따가 만나! 그렇게 뽀뽀를 하느라고 다시 집어들었다가 도로 앉히면 어이쿠 또 누워 버렸네. 다시 잘 앉혀 줄게. 그러다가 지각을 할 때도 있지만, 이런 준비는 매우 소중하다.

도시의 삶은 너무 바쁘고, 파편적이고, 혼을 빼놓는 때가 많아서 저녁에 돌아올 때는 아침의 준비가 전혀 기억나지 않는다. 투고된 A 원고를 읽어야 되고, 내일 회의 준비도 다 못 했고, 회의 준비를 위한 회의 준비를 위한 회의를 했을 뿐이고, B 원고에 힘을 쏟을 때인데 정작 그것을 못 했으며, 집에 일거리 싸 오고 싶지 않았지만 싸 오고 말았으니. 점심에 뭐 먹었더라? 그런 것도 물어보면 모르기 일쑤다.

휴대폰을 멍하니 바라보면서 걷다가 현관문을 열면, 나를 바라보는 술빵이 얼굴이 늘 새롭게 반갑다. 앗! 여기 있었니! 헤헤헤. 나 왔지. 강아지처럼 저 스스로 다가와서 꼬리를 흔드는 것도 아닌데 그런데도 좋냐고 묻는다면, 만족도 설문 조사에 별 다섯 개 매기는 심정으로 '매우 만족'이라고 대답하겠다. 다음에도 또 할 의향 있음! ★★★★★

우리 언니는 언젠가 나한테 이렇게 고백했다. 자기는 순남이를 빼놓고 카페에 간 적이 거의 없다고. 그도 그럴 만한 게, 순남이는 딱 머그컵에 들어가는 크기로 조그마해서 어디든 데리고 다닐 수 있다. 가방 속에도 쏙 들어가고,

주머니 안에도 쏙 들어간다. 빼놓고 온 경우에는 참으로 허전하다.

카페에서 주문을 하고 테이블에 진동벨을 내려놓고 그 위에 순남이를 올려두면 얼마 지나지 않아 순남이가 부르르 떨며 커피 나왔다고 알려 준다. 순남이는 너무 가벼워서 그러다 넘어질 때도 있다. 이 순간을 놓치지 않으려고 아무것도 안 하고 기다리면서 언제 진동이 올까 두근두근하는 재미도 있다. 이렇게 바라보고 있노라면 나한테는 진동이 안 울려도 되겠다 싶지만, 그러다 정말 안 울리면 섭섭할 테지.

그렇게 왼손엔 순남이, 오른손엔 진동벨을 들고 가서 따뜻한 아메리카노 또는 라떼 한 잔을 받아 와서는, 김이 나는 머그컵 테두리에 순남이를 턱걸이하듯 잘 걸쳐 놓는다. 1분쯤 뒤에는 이렇게 말할 수 있다. 커피 냄새가 밴 따뜻한 곰 인형 나왔습니다! 우와, 내가 한 모금도 마시기 전에 순남이 너부터 먹은 거야? 그런 생각이 들 정도로 순남이한테서는 커피 냄새가 물씬 풍긴다. 낡은 봉제인형이란 주변의 냄새를 잘 빨아들이기 때문에, 가방 안에 넣어 놓으면 책 냄새 같은 텁텁한 먼지 냄새가 나고, 공항을 거쳐서 오면 희한한 향수 냄새도 난다. 우리 자매가 제일 좋아하는 것은 그냥 우리 침 냄새랑 섞인 애매한 그 자체의 꼬릿한 냄새지만.

이렇게 평소에도 잔잔한 위로를 주는 반려인형이지만, 일상이 훅 무너지는 순간에는 그 위로가 한층 묵직해진다. 몇 년 전, 흔한 도시 생활자의 주거 공간인 반지하 방을 계약한 적이 있다. 당시에는 넓다는 장점 때문에 결정했지만, 우려했던 그 일이 실제로 일어나고 말았다. 물난리가 나서 방에까지 물이 흥건하게 들어온 것. 대충 수습을 하고 나서도 장판을 걷어 말려야 했기 때문에 며칠 동안 잘 데가 없었다. 집 주인은 옥탑이 비어 있다며 열쇠를 던져 주고 표표히 사라졌다. 옥탑방 문을 열어 보니 빈 집이어서 아무것도 없는 데다 벌레도 많았다. 여기서 잘 수 있을까? 아니면 또 어디에 간단 말인가.

당장 이사를 가고 싶을 만큼 이도 저도 다 싫다는 마음이 들었지만, 돈도 없고 주변에 알리기도 싫었던 나는 우선 모기장 텐트를 하나 샀다. 이걸 펴서 그 안에 들어가서 자야지. 벌레로부터 차단될 수 있을 거야. 그 조그마한 공간에, 내 삶에 가장 긴요한 것들을 하나씩 들여오기 시작했다. '무인도에 가져가고 싶은 열 가지'를 실제로 골라 보게 된 느낌이었다. 습기 찬 반지하 방과 옥탑의 모기장 텐트 사이를 몇 차례 오가며 얇은 이불과 베개와 책과 노트북을 옮겼다. 그리고 순남이도. 그런데 순남이를 데려왔더니 진짜로 나 혼자 있는 것 같지 않았다. 평온한 기분까지는 아니어도, 이런 비일상적인 사건을 웃어넘길 수 있는 호쾌한 기운이 솟아난 것이다.

내친김에 순남이의 살림이 든 상자도 가져왔다. 이럴 때 아니면 언제 하랴 싶은, 추억이 깃든 물건들의 정리 작업을 시작했다. 순남이를 모기장에 던져서 스파이더맨처럼 이리저리 폴짝거리게 만들며 놀기도 했다. 게다가 신호가 미미하지만 반지하 방에서 쓰던 와이파이가 연결되자, 이제는 전혀 두려울 것이 없었다. 다른 대륙에 살고 있는 언니한테 전화도 했다. 이러저러해서 순남이랑 모기장 속에 있다고. 너무 웃기다고. 우리는 그렇게 대륙적인 스케일로 껄껄 웃어넘겼다. 아주 가볍고 어디든 데리고 다닐 수 있는 보들보들한 존재가 주는 고유한 위로였다.

3.

반려인형의 세계에도
고민이 필요해

입이 없는 이유

순남이를 처음 집에 데려오던 날, 실로 꿰매져 있던 입을 뜯어냈다. 멀쩡한 새 인형인데 왜? 나로서는 시급한 일이 었다. 늘 웃는 표정만 짓는 '감정 노동형' 인형을 화내고 슬퍼하고 무표정할 수도 있는 자유로운 존재로 거듭나게 하는 일이었기 때문이다.

반려인형인에게 인형의 표정이 한 가지로 고정되었냐, 아니냐는 매우 중요한 문제다. 토끼 캐릭터 미피는 눈은 작은 점 두 개로 표현되고, 입은 단순한 X자 모양으로 표현되어 있다. 미피의 입 모양은 실제 토끼의 코와 입 모양을 본따 단순화한 디자인이라고 한다. 그런가 하면 고양이 캐릭터 키티는 아예 입이 없다. 입이 있어야 할 자리에 사람들은 자기 감정을 투영한다. 나도 그렇다.

회사에서 늦게까지 야근하면서 책상 위의 순남이를 쳐다보면 엄청나게 피곤한 표정을 짓고 있다. 그러다 바쁜 마감이 끝나고 근사한 데 같이 가면 기분도 좋아 보인다. 와인을 곁들인 스테이크 앞에서는 술빵이도 순남이도 어서 먹고 싶다며 일렁이는 눈빛이 된다. 내 눈에는 순남이도, 연남이도, 술빵이도, 날마다 다른 얼굴을 한다. 어떤 날은 주눅 든 것 같고, 어느 날은 즐거워 보인다. 화난 것처럼 보일 때도 있다. 사실 그 모든 표정에 내 마음이 반영되어 있음을 알지만 말이다.

매일같이 도서관 열람실로 출근하던 시절에 언니와 나는 순남이 눈에 살색 종이 반창고를 조금씩 떼어 붙여서 눈꺼풀이 내려온 듯 졸린 눈을 만든 적이 있다. 조용하던 열람실에서 흘깃 순남이를 쳐다봤을 때 얼마나 졸려 보이던지, 조용한 도서관에서 웃지 않으려 엄청나게 노력해야 했다. 어쩜 이거 하나 붙였는데 이렇게 졸려 보일 수가 있지? 나도 졸렸는데 나랑 진짜 똑같이 생겼어! 하면서. 이후로도 언니와 나는 순남이에게 꾸벅꾸벅 조는 시늉을 더해 가며 웃느라, 웃음을 참느라, 한참 분주했다. 만약 입이 웃는 모양이었다면 졸린 표정은 불가능했을 것이다.

　반려인형 사진은 찍는 이에 따라 사뭇 달라 보인다. 다른 사람이 찍은 술빵이 사진과 내가 찍은 사진이 다르다. 주변 사물과 빛의 느낌과 인형의 자세와 분위기가 달라서 어쩔 수 없이 결국 그렇게 된다. 언니가 찍은 순남이 사진은 좀 더 명쾌하고 똘똘해 보인다. 내가 찍은 순남이 사진은 나를 더 닮아서 어딘지 어쩔 줄 몰라 하는 듯 보인다. 내가 그런 얘기를 하면 곰 인형을 알지 못하는 '곰알못' 친구들은 "에이, 어디? 나는 전혀 모르겠는데"라고들 하지만.

　미피 그림책을 보면 모든 캐릭터가 서사에 필요한 몇몇 경우를 제외하고는 대개 얼굴을 정면으로 향하고 있다. 몸은 옆으로 걸어가고 있더라도 얼굴만은 정면으로 독자를 응시하는 것이다. 2017년에 작고한 '미피의 아버지' 딕 브루나는 어느 인터뷰에서 이렇게 밝힌 바 있다.

　　"난 가끔 그림을 그리는 내 책상 건너편에서 어린이들이 나를 바라보고 있다는 생각이 들어요. 어린이들은 늘 사람을 정면으로 바라보잖아요. 정직성의 문제죠. 그래서 미피도 보는 사람을 정면으로 응시하는 거예요."

　　　　　　　- 2017년 2월 21일, 〈워싱턴 포스트〉 딕 브루나 부고 기사에서

+ 딕 브루나 그림책《미피와 놀이공원》. 단순한 입모양이 특징이다.

++ 딕 브루나 그림책《할아버지와 할머니》. 선 하나를 더 그어서
왠지 나이 들어 보이는 모습을 표현했다.

그런데 미피의 입 모양은 왜 X자 모양일까? 단순화라
고 해도 왜 그런 모양을 택했을까? 딕 브루나는 일본 잡지
《미피의 모든 것》과의 인터뷰에서 이렇게 밝혔다.

> "입이 X표인 것은, 어릴 때부터 쭉 토끼의 입은 X자 모
> 양이라고 생각했기 때문입니다. 어른의 입이 ✳모양인
> 것은, 선을 하나 더했을 뿐인데 왠지 나이를 먹은 것처럼
> 보인다고 생각했기 때문입니다. 주름이 늘어난 것 같지
> 요. 제 얼굴에도 있습니다."
>
> -《미피의 모든 것》 2017년호에서

정말 웃음이 절로 나는 대답이 아닐 수 없다. 딕 브루나
는 또한 이렇게 말한 바 있다.

나는 아이들이 저마다의 상상력으로 가득 채울 수 있는
세상을 만든다.

이런 옳은 말씀엔 무한히 고개를 끄덕이며 맞장구를 칠
수밖에 없다. 이제는 가닿을 길 없는 이야기이겠지만, 딕
브루나 할아버지에게 이런 감사 인사를 꼭 전하고 싶다.
할아버지, 저도 인형을 바라볼 때면 상상력을 발휘하게 돼
요. 너무나도 자연스럽게 그렇게 돼요. 그런 마음을 잘 알
아주셔서, 정말 감사드려요.

남자 인형, 여자 인형 따로 있나?

간혹 "술빵이는 여자예요, 남자예요? 연남이는요?" 하며 성별을 묻는 이가 있다. 페이스북 페이지 소개 글에는 '형제 곰'이라고 적어 두긴 했지만, 그게 둘 다 남자라는 뜻은 아니다. 이런 질문은 나에겐 불필요하다. 나는 내 반려인형들의 성별을 모른다. 굳이 따지지 않기로 했다. 남자아이겠거니 생각하는 것도, 여자아이라고 정하는 것도 싫다. 인형과 같이 사는 데 별로 구분할 필요가 없어서다.

키티와 미피를 물끄러미 바라보면서, 둘 사이에 어떤 차이가 있는지 생각해 본다. 아이다운 동글동글한 모습은 둘 다 같은데, 키티는 '나 여자요' 하고 드러낸다는 점이

다르다. 키티는 커다란 리본을 붙이고 핑크색 옷을 입고 있다. 반면 미피는 사람들이 여자답다고 일컫는 특성을 겉으로 드러내지 않는다. 원피스를 입었지만 빨강, 노랑, 주황, 파랑 같은 원색이다. 그래서 미피를 남자아이로 오인하는 사람도 있다.

처음에 미피는 아예 성별이 없었다고 한다. 그러다가 나중에 여자아이로 설정되었다. 단지 토끼 인형이 원피스가 잘 어울린다는 이유에서였다고. 산리오사에서 만든 고양이 키티는 처음부터 리본을 달고 있었고, 핑크색 옷을 입고 있었다.

인형의 성별을 구분하고 여자 인형에게 곱게 리본을 달아 주는 전통은 유구하다. 월트디즈니사에서 미키마우스의 여자친구인 미니마우스에게, 도널드 덕의 여자친구인 데이지 덕에게 리본과 속눈썹을 제공한 이래 수많은 캐릭터가 이를 따라해 왔다. 1993년 대전 엑스포의 마스코트였던 꿈돌이에게도 꿈순이라는 여자친구가 있었다. 어린이 애니메이션 〈로보카 폴리〉에서도 앰뷸런스를 의인화한 여자 캐릭터 앰버는 핑크색 리본과 속눈썹을 장착하고 있다. 아픈 사람을 돌본다는 '여자다운' 특성과 함께 말이다.

우리나라에서 어린이들한테는 '제왕적 뽀통령제'가 여전히 유효한데, 그 안에도 여성 캐릭터 루피와 패티는 모험 서사에서 보조적인 역할만을 맡는다. "꺄아, 어쩌지?" 같은 말을 외치고 도움을 요청하는 역할이다. 그럴 수도 있지만, 그뿐이니 문제다. 예컨대 뽀로로 5기 10화 '에디의 만능 배낭' 에피소드에서 뽀로로와 친구들은 눈 덮인 산으로 등산을 간다. 탐험가를 꿈꾸는 에디는 '만능 배낭'을 마련해 왔지만 어설퍼서 곤란을 겪고 놀림을 받는다. 놀리는 것도 여자 캐릭터의 몫이 아니다. 그 역할은 짓궂어도 용인되는 뽀로로와 크롱이 도맡는다. 눈 덮인 산에서 패티의 목도리가 바람에 날아가 높은 나무에 걸리자, 패티는 "내 목도리!" 하고 소리치기만 한다. 해결은 에디 또는 로디가 한다. 가방 속에서 프로펠러 발명품을 꺼내 목도리를 나무 위에서 꺼내려고 시도하는 것은 에디이고, 에디가 실패하자 위기의 순간 손을 뻗어 목도리를 낚아채는 것은 로디다. 패티는 "고마워, 로디" 하고 말할 뿐이다. 그렇다면 루피는? 이 에피소드에서 루피 혼자 큰 소리로 한 말은 이것뿐이었다. "다들 식사하러 오세요!"

루피와 패티가 주인공으로 등장하는 에피소드도 있지 않냐고 항변하는 사람들도 있겠지만, 일단 그런 에피소드

+ 순남이는 가끔 머리띠를 한다. 하고 싶을 때. 꽃도 꽂고 다닌다. 내킬 때.

가 너무 적을 뿐 아니라 친구들의 요청을 거절하지 못하고 루피가 요리를 많이 하느라 힘들어졌다거나, 루피가 아끼던 앞치마가 찢어졌는데 패티가 바느질로 고쳐 준다거나 하는 내용이다.

라인 프렌즈의 캐릭터들도 마찬가지다. 곰돌이 브라운의 인기에 힘입어 여동생 초코가 탄생했다. 초코는 커다란 핑크색 리본을 달고 있다. "패션과 뷰티 트렌드에 민감하고 애교가 많은 성격"이란다. 피부색마저 브라운보다 밝은 편이다. 전형적으로 의존적이고 외모 가꾸는 데에만 골몰하는 듯 보이는 여성상을 그려 놓았다.

캐릭터나 인형을 만들 때는 개구지고 모험심이 넘친다든가 친절하고 상냥하다든가 따위의 성격을 부여하게 마련이다. 이 성격이 어느 쪽으로 치우쳐 강조되더라도 '남자=모험심', '여자=친절함'으로 고정될 필요는 없다. 게다가 귀엽고 작은 '어린이다운' 모습을 강조한 털 인형과 캐릭터에서라면 굳이 남자인지 여자인지를 규정할 필요조차 없다.

그런데도 많은 '여자' 인형이 핑크색 리본을 달게 되는 속사정은 이러할 것이다.

어떤 캐릭터를 창조한다 → 당연하게도 기본값은 남자로 설정된다 → 뒤늦게 여자친구 또는 여동생을 제공해 줄 필요가 생긴다 → 기존 캐릭터에 리본 등 여성적인 부속물을 달아 손쉽게 여성 캐릭터를 창조한다, 끝.

여자인 경우에만 특별히 성별을 겉으로 드러내야 한다는 것 자체가 참으로 불쾌하다. 군이 필요가 없는데도 규정하려 드는 태도에서는 대상을 지배하려는 속내마저 읽힌다. 여자인지 남자인지 모르는 미지의 존재로 남아 있는 것을 받아들이지 못하는 강박이자, 불특정 다수에게 너의 성별을 알리라는 태도이다.

레고 장난감 피겨에도 오랜 세월 성차별적인 문제가 도사리고 있었다. 남자 피겨 인형은 여러 가지 도구의 사용이 자유롭도록 제작되어 있으며 훨씬 많은 직업과 가능성을 부여받지만, 여자 피겨 인형의 수는 매우 적고, 있다 해도 대체로 미용실과 쇼핑몰에서 시간을 보내는 등의 설정 뿐이었다.

시대착오적이라는 숱한 비난을 받은 뒤, 어느 여성 과학자의 요청을 받아들인 레고사는 2014년 비로소 여성 천문학자, 화학자, 고생물학자 세 명으로 구성된 여성 과학자 세트Research Institute를 만들었다. 2017년에는 나사의 여성들Women of NASA 세트도 출시했다. 아폴로 11호를 달에 보낸 컴퓨터 프로그래머 마거릿 해밀턴Margaret Hamilton, 최초의 흑인 여성 우주 비행사인 메이 제미슨Mae Jemison 등 네 명의 여성이 모델로 구성되어 있는 세트이다.

다행스럽게도 평창 올림픽 마스코트인 수호랑은 성별이 특정되어 있지 않았다. 여자 종목이든 남자 종목이든 수호랑은 완전히 같은 모습으로 그려졌고 그 옆에 예컨대 "여자 스피드 스케이팅"이라고 적혀 있을 뿐이었다. 패기 넘치는 수호랑 곁에서 나도 덩달아 파이팅을 외쳤다. 이렇게 스키와 스케이팅을 즐기는 마스코트가 남성으로 설정돼 있지 않다는 기쁨과 함께. 인형들이 모두 속눈썹과 리본을 떼 버리는 세상을 상상해 본다.

술빵이는 애보개 곰

평범한 곰 인형 술빵이의 삶이 새로운 전기를 맞은 것은 우리 집에 아기가 생기고부터다. 그전까지는 주말이면 카페에서 사진이나 찍히던 평화로운 반려인형이었으나 그 후로는 고달픈 '애보개 곰'의 삶을 맞이했다. 그러면서 나는 술빵이가 놀라운 능력을 지녔다는 사실을 새삼 알게 됐다.

오랜 세월 나와 함께한 반려인형 술빵이는 이제 네 살배기 아들의 애착 인형이 돼 버렸다. 아들은 언제나 "빵이 형"을 안고 만지작거리며 잠을 청한다. 술빵이 덕분에 스르르 잠이 드는 걸 보면 과연 '육아 능력자' 곰이구나 싶어

저절로 미소를 짓게 된다.

양치질 안 하겠다고 떼쓰며 도망 다니다가도 "술빵이 형이 치카치카 해 줄까?" 하고 물으면 얌전히 입을 벌린다. 술빵이가 칫솔을 잡은 것처럼 하려고 곰 인형 팔이랑 칫솔을 한데 쥐고 있다가 슬쩍 내 손으로 칫솔을 바꿔 잡으면 금세 알아챈다. 끝까지 술빵이 형이 닦아 주듯이 해야만 한다. 목욕하기 싫어할 때도 욕실에 술빵이를 앉혀 놓으면 순순히 목욕을 한다. 응원하듯 지켜봐 준다고 생각하는 것이다. 억지로 화내면서 아이를 돌보지 않아도 되니참 다행이다. 가끔 잘 안 먹힐 때도 있지만.

어린이집 갈 때도 아들은 "빵이 형, 갔다 올게!" 하고 이불을 덮어 주곤 한다. 어떨 땐 깔아뭉개고 꼬집고 발로 밟고 걷어차고 그렇게 과격해질 수가 없지만, 그런 건 다 '애보개 곰'의 고단한 숙명이다.

무더운 여름날 커다란 곰 인형 술빵이를 안고 다니는 아들을 보며 동네 할아버지, 할머니 들이 한마디씩 보태는 경우가 많다. 거 좀 작은 인형을 데리고 다니지 더운데 그렇게 큰 인형을 안고 다니느냐는 얘기이다. 하지만 애가 아니면 안 되는걸요?

사실 술빵이는 털이 있는 인형이라서 아이의 호흡기에

+ 우리 집에 찾아온 신기한 생명체를 바라보는 터줏대감들.

++ 애보개 곰 술빵이의 능력은 아기를 잘 재우는 데서부터 시작되었다.

그리 좋지는 않다고 한다. 다만 위로가 되는 존재이니까 아이의 코가 간질거려도 어쩔 수 없지, 지금 천식이 있거나 큰 문제가 있는 것은 아니니까 괜찮겠지, 하고 생각한다. 반려인형을 매정하게 치워 버릴 수는 없으니까.

내 걱정은 따로 있다. 내 인형인데 아이는 자꾸 자기 인형이라고 우긴다. 나중에 좀 더 크면 알아듣게 잘 얘기해야겠다. 내가 술빵이와 함께한 시간이 훨씬 길었다고, 술빵이만큼은 양보 못 한다고 하면 과연 아이가 알아줄까?

애착 인형? 걱정 마세요!

만화 《피너츠Peanuts》 시리즈에는 늘 담요를 들고 다니는 '라이너스'라는 남자아이가 등장한다. 담요가 있어야 안정을 찾는 캐릭터다.

내 유년기에도 라이너스의 담요처럼 '애착 베개'가 있었다. 외할머니가 만들어 준 파란색 벨벳 베개인데, 허구한 날 세로로 세워 놓고 놀았다. 베개 속의 메밀을 적당한 비율로 나누어 목둘레를 만들어 주면 마치 고양이 같아 보였다. 눈, 코, 입도 없고 이름도 없었지만 난 그 베개를 참 좋아했다. 밤마다 같이 눕고 모서리를 손으로 만지작거리며 잤다. 지금은 술빵이가 그 자리를 대신하고 있다.

THE COMPLETE PEANUTS

피너츠
-완전판-

찰스 M. 슐츠의 걸작
코믹 스트립 전편 모음

빌 멜렌데즈의
서문 수록

일일 연재분 &
일요 특별판

1963
~
1964

by
SCHULZ
북스토리

+ 찰스 M. 슐츠의 작품《피너츠》시리즈에 등장하는 라이너스.
담요를 좋아하는 남자아이다. 내가 그 마음 잘 안다.

'애착 인형'을 검색하면 극단적인 양방향의 질문이 뜬다.

"우리 아기, 애착 인형 만들어 줘야 할까요?"

"애착 인형 몇 개월부터 주는 게 좋을까요?"

이에 대한 답변은 대체로 긍정적이다. 애착 인형이 분
리불안을 막아 준다며 다들 추천한다. "국민 애착 인형"이
라는 연관 단어까지 있다.

그런데 한쪽에는 이런 걱정 어린 질문들도 있다.

"인형에 집착하는 아이, 괜찮을까요?"

"우리 애는 언제부턴지 인형 '껌딱지'가 되었는데, 부모의 애정이 충분하지 않아서 그럴까요?"

서너 살도 아니고, 더 커서는 인형을 '졸업'해야지, 더 이상 갖고 놀아서는 안 된다는 얘기 같다. 바로 나 같은 경우를 일컫는 것이렷다!

육아 잡지에서도 이런 질문에는 "부모와의 애착이 문제해결의 열쇠"라는 답변을 내놓는다. 부모가 더 많이 신뢰와 애정을 주면 서서히 인형에 집착하지 않는다는 취지의 설명이다. 하지만 인형놀이 좀 오래 한다고 큰일 나는 거 아닌데. (저도 잘 살고 있습니다만.) 애착 인형은 아이들에게 줬다 뺏는 존재여야만 하는 걸까?

어린아이들이 특정 물건에 애착을 보이는 일에 관한 의학적 견해는 시대에 따라 달라져 왔다. 1970년대까지만 해도 "엄마의 사랑이 부족해서" 그렇다는 식으로 부정적으로 바라봤는데, 이후로는 긍정적인 측면을 부각하는 관점이 나오기 시작했다. 예를 들어 앞서 언급한 것처럼 병원에 애착 담요를 가져가면 진료의 괴로움이 줄어든다는 연구 같은 게 등장하기 시작한 것이다.

곰 인형을 의인화하는 어린이가 현실과 환상을 구별하지 못하면 어쩌나 하는 우려를 반박하는 증거도 나왔다.

곰 인형이 사람처럼 느끼고 생각한다고 여기는 건, 해당 곰 인형이 그 어린이의 애착 인형인 경우일 뿐이고, 다른 곰 인형에 대해서는 그렇지 않다는 연구다(Gjersoe et al., *Cognitive Development*, 2015).

얼마 전에 아이와 얘기하다가 잡지 속에 곰돌이가 나오 길래 그 곰이 말을 거는 것처럼 짐짓 꾸며서 "우리 집에 놀러 와!" 하고 목소리를 바꿔 말한 적이 있었다. 인형 목소리로 말하고 놀기란 나에게는 정말 쉬운 일 아니겠는가. 그랬더니 아이는 이렇게 대답했다.

"못 만나. 책이라서."

그렇게 냉정하게 말하다니, 애가 이렇게 곰 인형을 졸업하는 것인가? 하며 놀라는데, 다음 순간 아이가 말했다.

"빵이 형, 딸기 먹어."

그러고는 딸기를 술빵이 입에 갖다 댔다. 그래, 술빵이 는 소중하지? 그치? 저 연구결과의 신뢰도를 한층 높여 주는 우리 집의 생생한 사례였다.

국내에선 아직 번역 출간되지 않은 미국의 심리학자 마저리 테일러Marjorie Taylor의 책《상상의 친구를 만드는 아이들Imaginary Companions and the Children Who Create Them》을 보면, 애착 인형이나 상상의 놀이에 빠진 아이들을 걱정 어린 시선으로 바라볼 필요가 없음을 알게 된다. 다른 사람들과 어울리기를 즐기는 아이들이 곁에 놀 사람이 없을 때 상상의 친구를 만들어 내어 노는 것이라고 하니 말이다. 이 책에 따르면 아이가 인형놀이만 해 현실감각이 떨어지면 어쩌나 하는 부모의 걱정도 그저 기우다. 사실과 다르기 때문이다. 오히려 상상의 친구를 둔 아이들이 집중력과 사회성이 더 좋다고 한다. 그러니 안심해도 되지 않을까? 우리는 앞으로도 곰 인형한테 많이 의지할 생각이다. 나도, 이제 네 살이 된 내 아들도.

모태 곰앙인으로 자란다는 것

아들은 너무나도 자연스럽게 곰 인형들과 함께 자라나고 있다. 내가 곰 인형과 함께 지낸 것이 1991년 5월 24일 초등학교 3학년 이후부터라면, 아들은 태어나자마자 숨 쉬는 것처럼 자연스럽게 곰 인형과 함께였다. 산후조리원에서부터였으니까. 아기 침대에서도 곰 인형들과 함께 있었고, 이가 날 무렵에는 수건으로 만들어진 인형을 빨며 놀았으며, 옹알이를 하면서부터는 술빵이를 "빵, 빵" 하고 불렀다. 이렇게 자연스러운 인형과의 삶이 과연 언제 끝날지, 혹시 끝나지 않고 나처럼 계속될지, 자못 궁금해하며 지켜보고 있다.

날마다 술빵이의 귀를 만지작거리며 잠드는 아들은 잠결에도 "빵이 형"이 없으면 깨서 울지만, 언제까지 그럴까? 자기의 소중한 반려인형이 아니라 그냥 집에 있던 낡은 인형으로 데면데면하게 바라보는 날이 오는 것은 아닐까?

아들은 소방차나 구급차 같은 탈것과 포크레인 따위의 중장비에 탐닉하던 시절을 지나, 얼마 전부터는 공룡에 꽂혔다.

"브라키오싸우루쑤는 초식공룡, 트리케라톱쑤는 뿔이 세 개, 티라노싸우루쑤는 날카로운 이빨! 강력한 발톱! 용서할 수 못 해! 안킬로싸우루쑤는 뼈 뭉치! 이얍 이얍! 덤벼! 엄마, 내가 신기한 거 보여 줄까? 엄마, 엄마가 티라노싸우루쑤 해, 내가 안킬로싸우루쑤야. 자, 공격!"

공룡 만화와 동요 덕분에 어느새 이렇게 되고 말았다. 공룡이라는 존재가 매혹적인 까닭은 무엇보다 인간이 존재하기 전의 지구에서 실제로 살아 숨쉬던 동물이라는 점에 있으리라고 생각했는데 아이들에게는 그렇지만도 않은가 보다. 그런 사실을 알기 전인데도 이름이 특이하고 생김새도 특이하고 게다가 무섭고 강력하기 때문에 작은 존재인 어린이들이 공룡에 빠져드는 것 같다. 며칠 전에는 공룡 화석이 있는 자연사박물관에 갔다가 엄청 큰 티라노사우루스 고무 인형을 사 달라고 졸라서 사 주었다. ("졸라서"라고 쓰고 "오열"이라고 읽어야 한다.) 아들이 박물관 굿즈에 홀린 첫 번째 사례였다.

그날 밤 아들은 왼팔에는 술빵이를, 오른팔에는 티라노사우루스를 끼고 잠이 들었다. 언제까지 좌 술빵, 우 티라노가 유지될까? 술빵이는 어느 틈엔가 점점 아이의 관심사에서 밀려나는 것이 아닐까?

성인이 되어서까지 반려인형이 있는 그런 사람이 되든, 아니면 곰 인형을 졸업해 버리든, 어느 쪽이어도 상관없다고 생각한다. 아기 때부터 어린이가 된 지금까지 반려인형과 함께해 온 것만은 분명한 사실이고, 그동안 추억도 많이 쌓였으니까. 이미 수많은 사진이 앨범에 스크랩되어 있으니까. 벌써 아이가 사진 앨범에서 아기 때의 자신의 모습과 그 곁의 술빵이를 알아보니까. 백일 사진도 함께 찍었고 돌잡이도 함께 지켜봤으니까. 술빵이랑 같이 자는 게 싫다고 하면 내가 다시 데려오면 되니까. 아들이 인형의 세계를 졸업하더라도 너무 섭섭해지는 말아야지. 그날이 오면 내 인형으로 다시 '소유권 이전 등기'가 되는 것이라고 생각해야지.

곰 인형과 내내 함께하고 싶다고 말하면, 그 또한 응원

+ 술빵이로서는 이해할 수 없는 티라노와의 인기 다툼.

하고 지지할 것이다. 독립할 때가 되어서 술빵이도 데려가 겠다고 한다면, 보내 주어야 하나? 그런 고민까지는 벌써 필요 없을까?

나 같은 사람은 아이의 취향을 존중하지 않을 도리가 없다. 엄마는! 엄마는 맘대로 하잖아! 엄마는 곰 인형을 회사에도 데리고 다니고 신혼여행에도 데려갔다며! 하면서 울고불고 하는 날이 온다면…… 나는 꿀 먹은 벙어리가 되어야만 하리라. 공룡 아닌 다른 어떤 것에 꽂힌다고 해도, 내가 도통 이해가 잘 안 되는 것이어도, 그러려니 하고 받아들일 마음의 준비를 하고 있어야겠지. 하긴, 프테라노돈의 어디가 좋은 것인지는 지금도 모르고 있구나.

곰 인형 겨울잠 재우기

지금으로부터 25년쯤 전, 걱정 많은 초등학생이던 나는 곰 인형이 낡는 게 큰 고민이었다. 자주 만지작거리는 부분은 털이 다 빠지고 실밥이 드러났다. 그뿐 아니라 아예 천에 올이 나가기 시작해 오래 신은 양말 뒤꿈치처럼 아른아른해졌다. 뭉툭한 꼬리도 있었는데, 하도 잡아당겨서 늘어날 대로 늘어나 끊어질 것 같은 위기 상황이었다. 큰일 났네. 한두 군데 꿰맨다고 해결될 일이 아닐 것 같은데 어쩌지? 정말 어떡하지?

당시에도 곰 인형의 반려자로서 정체성이 확고하던 나는 새해 결심으로 비장한 계획을 세웠다. '곰 인형 겨울잠

재우기'. 한시도 손에서 놓은 적 없이 어디든 늘 데리고 다니고 매일같이 함께 놀고 밤에도 안고 자던 곰 인형을 텔레비전 위에 고이 올려두고 바라만 보겠다고 결정한 것이다. 하루에 30분씩만 데리고 놀 수 있다고 정했던가. 구체적인 규칙은 기억나지 않지만 눈물겨운 시도였다. 자린고비 저리 가라 할 인내심이 필요했다.

'곰 인형이랑 놀고 싶다.' 눈에 보이는 존재를 두고 이 강렬한 욕망을 참는다는 것이 얼마나 힘들던지. 그러니 애초에 살살 다루지 왜 낡게 만들었느냐며 자책하기도 하고, 겨울잠에 들었으니까 깨우면 안 된다고 스토리를 지어 내면서 버티기도 했다. 그러다가도 잠깐 꺼내서 데리고 놀다 보면 다시 올려놓기가 참 어려웠다.

겨울방학이 지나고 개학이 되면서 봄이 찾아오듯 곰 인형도 겨울잠에서 깼던 것 같다. 그렇게까지 오래 버틴 이유는 무엇이었을까? 몇 년 뒤 그 곰 인형은 잃어버렸다. 낡을세라 걱정한 일은 정말로 헛된 것이 되고 말았다. 지금 생각하면 괜한 마음고생이었다.

나는 아직도 많은 것을 잘해야 하고, 완벽하게 해야 한다는 강박에 시달린다. 노트 필기를 멀끔하게 잘하고 싶다는 마음 때문에 찢고 또 쓰고 찢고 또 쓰고 해서 공책이 얇

아진 적도 많다. 역사 공부를 할 땐 고인돌과 뗀석기만 수 없이 그린 적도 있고, 수학은 집합 부분만 문제집이 까맣게 된 적도 있다. 요즘도 비슷하다. 다이어리 첫 페이지, 달력 첫 장에는 글씨도 엄청 잘 써야 할 것만 같다. 새해가 되면 운동도 시작하고 가계부도 쓰고 근검절약도 하고 영어 공부도 다시 시작하고, 여러모로 새사람이 되어야지! 그런 마음이 과하게 든다.

이런 나의 경직된 성향을 잠재워 주는 것은 곰 인형 술빵이의 태평한 모습이다. 언제까지 내 곁에 있을지 잘 모르지만 어쨌든 지금은 곁에 있으니까, 너무 쥐어짜듯 계획 세우고 전전긍긍하지 말라고, 오늘 하루를 적당히 편안히 보내자고 권하는 것 같다.

+ 휴가지에서 쉴 때조차 여기도 가고 저기도 가야 되는데 뭐부터 하지? 하며
조급해하는 나 자신을 반성하게 도와주는 술빵이의 '멍때리는' 모습.

+ 휴가지의 숙소와 경치를 즐길 줄 아는 술빵이. 멋있는 척해서 사진 찍어 줬다.

그럴 거면 살아 있는 동물을 키우지 그래요?

어떤 사람들은 내게 이런 얘기를 한다.

"살아 있는 것도 아닌데, 뭘 그깟 인형에 공을 들이고 있대? 쯧쯧. 할 일도 없네."

면전에서 이런 이야기를 들은 적은 손에 꼽을 정도이지만, 있긴 있었다. 지하철에서 술빵이를 안고 있을 때 털옷을 입힌 아기인가 하고 내게 말을 건넨 할머니가 곰 인형따위인 것을 알고 돌아서며 그런 말을 내뱉고 떠난 적도 있다.

이런 말을 할 때는 그저 듣고 있는 수밖에 없다. 반려동물이라도 되어야 한마디 할 수 있지 않겠어? 그런 생각이 내 안에도 있기 때문이다. 살아 있는 생명이 아닌 것을 애지중지하고 있다는 데서 오는 알 수 없는 부끄러움과 죄책감이 내 안에 오랫동안 남아 있었다. 그러다가 트위터에서 반려동물을 기르는 사람들의 계정을 '팔로'하던 중 알게 되었다. 강아지를 산책시키거나 길고양이에게 밥을 챙겨줄 때도 저런 말을 듣게 된다는 것을. 예를 들어 대형견이면 "저렇게 큰 개를 힘들게 어떻게 키우냐"거나 "위험하게 저렇게 큰 개를 데리고 돌아다닌다"는 말을 듣고, 길고양이라면 "짐승한테 정성 쏟을 시간에 사람한테나 신경쓰라"는 말들을 듣고 있었다.

"사람한테나 좀 신경 쓰고 그러지." 이 말을 한참 곱씹었다. 어쩐지 들어 본 말인데. 아프리카 아이들, 먼 곳의 난민들을 돕는 사람한테도 비슷한 비난의 말을 한다. "우리나라에도 굶는 애들이 많은데." "우리나라 사람한테나 신경 쓰고 그러지."

우선순위 때문에 감수성이 좁아지고 좁아지면, 그 뒤에는 무엇이 남을까. '나도 힘든데' 하는 각박한 마음만 남는 것은 아닐까? 이런 우선순위가 정답은 아닐 것이다. 나는 우리 모두에게 좀 더 너그러운 시선과 포용력이 필요하다는 것을 느낀다. 그것은 내면의 따뜻함과 부드러움을 한

번씩 느껴 보는 데서 자라날 것이다. 보드라운 존재가 주는 힘을 느껴 본 적 없는 사람들일수록 더더욱 반려동물과 반려인형이 필요하지 않겠느냐고 권하고 싶다.

4.

인형놀이를 알려 드립니다

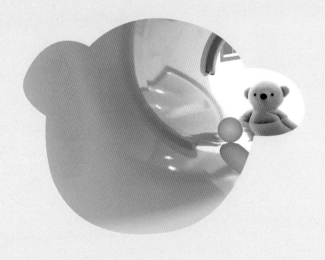

곰 인형이랑 뭐 하고 놀아요?

"곰 인형이랑 뭐 하고 놀아요?" 그런 말을 종종 듣는다. "뭐 하고 놀긴요, 그냥 놀죠" 하면 "그냥 어떻게?" 하고 질문이 되돌아온다. 어떻게 놀았더라? 생각하면 너무 사소해서 이런 걸 진지하게 말할 기회는 없었다. 뭐라도 하고 논다. 아무것도 아닌 것을 가지고 새로이 무용한 것을 만들면 얼마나 재밌게요?

곰 인형의 반려자가 된 지 1년쯤 되었을 때, 그러니까 내내 초등학생 때였다. 집에서 풍선을 불고 놀다가 펑 하고 터진 적이 있다. 그런데 풍선의 잔해가 너덜너덜하지 않고 마치 가위로 오려 낸 듯이 꽤 깔끔했다. 둥그런 부분이 반원이 되어 있고 주둥이 부분은 따로 뚝 떨어져 있었다. 아니, 어떻게 저런 일이 일어날 수 있지! 으하하하하! (생각해 보면 이 "으하하하하"가 참 중요하다.) 언니랑 나랑 배꼽을 잡고 웃었다. 왜 저렇게 된 거야, 너무 웃기네! 할머니, 이것 좀 보세요! 그때 할머니가 뭐라고 하셨는지 지금은 기억이 잘 나지 않는다. 아마 별것도 아닌 일로 불렀다고, 그만 좀 샐샐거리라고 하셨을 것 같다. 매사에 감탄할 줄 아는 평범한 어린이들이란, 어른의 뚱한 반응에 아랑곳하지 않고 풍선이 터진 모습에도 배꼽을 잡을 수가 있는 것이다. 그런데 어느 순간, 내 눈에는 그 반원 모양의 풍선이 곰 인형의 수영모자처럼 보였다. 황급히 곰 인형을 찾아서 두근두근한 마음으로 씌워 보았다. 고무의 위력이 대단하매, 잘 맞게 씌워짐과 동시에 곰돌이의 머리통이 작아졌다. 실내 수영장에서 고무 100퍼센트 수영모자를 써 본 적 있는 사람은 알 것이다, 눈이 위로 딸려 올라가며 머리가 조여드는 그 느낌을. 사람과 달리 곰돌이는 뼈가 없이 말랑말랑한 존재이므로 좀 더 많이 조여들었다.

그러고 보니 정말 곰돌이를 위한 수영모자인 양 모양새도 딱 맞고 무슨 문구가 끄트머리에 인쇄돼 있는 것도 진짜 같았다. 고무로 된 수영모자는 마치 다림질해서 접어

놓은 것처럼 딱 반으로 접힌 모양을 유지하는데, 그 점도 똑같았다. 이 똑같음이 너무 사랑스럽게 느껴졌다. 우리 곰 인형도 수영모자 생겼잖아! 게다가 빨간 모자네? 내 건 검은 모잔데!

모자를 씌운 채로 한참 동안 배영도 시키고 자유형도 시키며 놀았다. 물에 넣으면 젖으니 공중에서 시늉만 하는 것이지만. 쓰레기통으로 들어갈 뻔했던 풍선 조각이 그날의 나에게 큰 행복을 주었다. 그날은 일기로도 남겨졌다.

고무풍선을 불고 있었다. 갑자기 "뻥" 하는 폭발음과 함께 고무풍선이 두 동강으로 찢어졌다. 그런데 그 조각을 언니가 쓴다며 버리지 말라고 하였다. 그래서 밑부분의 조각을 만지다가 모자로 하면 좋겠다고 생각하고는 곰탱이에게 씌워 보았더니, 딱 좋은 수영모자가 되었다.

그 풍선은 24시간 편의점에서 얻은 것으로 '국내 독자 개발 편의점'이라는 글귀만이 보이게 찢어졌다.

– 1992년 8월 7일의 일기 중에서

"국내 독자 개발 편의점"이라고 적힌 고무풍선의 잔해가 열한 살 어린이에게 기쁨이 되었던 날들. 이런 수많은 날

그런데 그 조각을 언니가 쓴다며 버리지 말라고 하
였다. 그래서 밑부분의 조각을 만지다가 모자로
하면 좋겠다고 생각하고는 곰탱이에게 씌워보았
더니, 딱 좋은 수영모자가 되었다.
 그 풍선은 거기 편의점에서 얻은 것으로 '국내
독자개발편의점'이라는 글귀만이 보이게 찢어졌다.
그리고 물결무늬로 예쁘게 찢어졌다.
 곰탱이를 가지고 다니게 하는 북돌이 수영에는
곰탱이를 수영모자를 씌워서 물에 들어가야지.

+ 수영모자 쓴 곰돌이 일러스트가 함께한 그날의 일기장.

들이 잔잔하게 이어진 결과, 무엇이든 별것 아닌 것도 곰
인형과 연결 지어 생각하는 버릇이 들고 말았다.

　캡슐 알약이 들어 있던 약 껍데기, 노란 고무줄, 그리고
만두 찌는 스테인리스 찜기. 이것들을 합치면 뭐가 될까?
곰 인형을 우주인으로 변신시킬 수 있는 장비가 된다. 펴
졌다 오므라들었다 하는 스테인리스 찜기를 보다가 곰돌
이를 넣고 오므려 봤더니 머리만 쏙 올라오는 것이 정말
귀여웠다. 이것이군! 그때부터는 황급히 방 안을 둘러보며
더 꾸밀 만한 것이 있는지 찾아본다. 언니도 하던 일을 멈

추고 동참한다. 캡슐 알약을 먹고 남은 투명한 약 껍데기가 고글이 된다. 눈 간격이랑 맞춰 보면서 잘 맞는지 확인하고 (잘 안 맞았다면 약 상자를 뒤져서 더 잘 맞는 케이스를 찾아냈을 것이다. 약을 두 알 정도 까서 버렸을지도 모른다. 케이스가 더 중요하므로.) 노란 고무줄을 둘러서 고글을 씌운다. 기념 촬영을 하여 완성한다.

반려인형이 생기고부터 우리 집에는 '아무 짝에도 쓸모 없는 물건'이란 원칙적으로 없다. 전부 '곰 인형과 관련이 있을 수도 있는 물건'뿐이다. 안경 닦는 노란색 수건이 생기면 망토처럼 목에 묶어 주고 어린 왕자 같다며 예뻐하고, 모양이 좀 특이하거나 크기가 애매한 밥공기가 있을 때는 무조건 머리에 씌워 본다. 머그컵을 새로 사면 대체로 제일 먼저 순남이를 넣어 본다. 아주 작은 브로셔가 생겨도 순남이 주고, 어디서 노끈이 생기면 아까 그 안경 닦는 수건에 묶어 봇짐 지워서 길 떠나는 사진을 찍어 준다. 반지 원정대 같잖아! 하면서. 그러면 또 걸맞은 반지를 찾아보고, 마침 우리 집에 있던 친구도 합세해서 (대학 때 애기다.) 순남이 팔에 반지를 넣을 듯 말 듯, 끼웠다 뺐다 하면서 《반지의 제왕》 시리즈 속 주인공의 고뇌를 연기한다.

그렇게 놀고 나면 이 물건들은 '순남이의 살림' 카테고리에 들어가게 되므로 버릴 수가 없다. 상자에 소중히 담아 모셔 놓을 수밖에.

가끔씩 꺼내 보면 그때 놀던 일이 하나하나 고스란히 생각이 난다. 이것이 바로 내가 집 정리를 당최 할 수 없는 이유다. 추억 어린 물건이 판도라의 상자처럼 열리면, 어느새 그 생각에 풍덩 빠져들면서 곁에 있는 순남이와 함께 새로운 놀이를 벌이고 있기 때문에.

+ 초콜릿 브로셔를 탐독하는 순남이.

인형놀이는 이름 짓기부터

다들 그렇겠지만, 이름을 지을 때는 한껏 신중해진다. 너무 공들인 것처럼 보이지 않으면서도, 부르기 편하면서도, 아주 흔하지는 않으면서도, 이거다 싶은 이름을 지어야만 해! 이런저런 고민이 든다. 그렇다고 무명이로 보내는 시간이 길어지면 그것도 예의가 아니니, 초조해진다.

'술빵'이라는 이름은, 맨질맨질하기보다는 조금 푸석거리는 듯한 촉감에서 떠올렸다. '푸석'이라고 하면 조금 미안하니까 포실포실하다고 해야지. 하얗고 포실포실한 술빵 같은 느낌이었다. 만약 쫄깃에 가까운 느낌이었다면 '찰떡'이가 되었을지도 모른다.

연남이는 앞서 말한 대로 친한 친구가 우리 집에 들렀다가 연남동에서 주웠으니 연남이냐며, 동네를 오해해서 뜬금없이 지었는데, 운명적이다 싶어 그대로 이름이 되었다. 혹시 옛날 이름이 '엘리자베스'라든가 '프란체스카'는 아니었을까 하는 생각이 한참 뒤에 들긴 했다. 이름이 촌스러워서 싫은 건 아니겠지? 말 못 하는 존재라 개명 신청도 못 하는거 아냐?

순남이 이름은 왜 그렇게 지었는지 생각도 나지 않는다. 그럴 땐 마치 나 자신의 문헌학자가 된 듯 옛날 일기를 들여다본다. 하지만 초등학생 때 일기만 남아 있고 그 이후는 없다. 유추해 보자면 이렇다.

> 나는 '로라' '래시' 같은 외국 이름보다 '탱탱이'나 '뚱뚱
> 이'처럼 우리나라 이름 중 친근함이 있고 귀여운 말을
> 좋아한다.
>
> - 1991년 10월 18일의 일기에서

그, 그렇구나. 난 원래 그랬구나. 우리 집에서 '엘리자베스'는 안 될 말이었구나. 그 시절에도 곰 인형 이름 짓는 얘기를 일기에 적어 놨을 줄이야. 이런 디테일한 추억들이

모여서 역사를 만드는 것이려나.

우리 집 말 필통은 10년 넘게 이름 없이 그냥 '말 필통'이었다가, 요즘 이름을 얻었다. 아들이 "말통아!"라고 어설프게 부른 뒤에 이름이 '말통이'로 확정된 것이다.

이름을 불러 준다는 것, 그것이 주는 돌이킬 수 없는 한 걸음이 있다. 연남이, 연남이, 하고 가만히 부르면 이름을 지어 준 그 친구가 생각나고, '말통이'라고 부르면 아이가 부르는 음성이 떠오른다. 술빵이도 요즘은 나보다 아들이 더 자주 부르는 것 같다. 가장 자주 부르는 사람이 반려자인 것인가? 그렇다면 매일 열 번씩 불러야지. 술빵아, 술빵아, 술빵아!

반려인형을 돌본다는 것

분명 술빵이를 안고 잠든 것 같은데, 아침마다 등이 배긴다. 또 깔고 잤어. 미안. 순남이를 만지작거리면서 잠을 청한 날도 마찬가지다. 일어나 보면 온데간데없다. 순남이는 십중팔구 침대 밑으로 굴러떨어졌거나 저 멀리 이불 속에 내팽개쳐져 있다.

그런 곰돌이들의 모습은 우습기도 하지만 애처롭기도 하다. 곰 인형의 반려자를 자처하면서 만날 저렇게 깔아뭉개니까 코가 눌리잖아. 말할 줄 아는 녀석들이면 나한테 항의할 것 같다.

지인들이 가끔 곰돌이 세탁법을 나한테 물어보기도 한

다. 그럴 때마다 "어, 난 그냥 세탁기에 넣는데?" 하고 대답한다. 순남이는 작고 너무 낡아서 손빨래하지만, 술빵이는 그러기에는 너무 크고 힘겨워서 매정하게 세탁기에 들여보낸다. 그나마도 자주 안 한다.

트위터에서 봉제인형을 씻는 방법을 본 적이 있는데, 다음과 같았다.

과탄산소다를 녹인 물에 담가 두기 → 부드러운 브러시로 털을 빗어 더러움을 제거하기 → 물이 탁해지면 버리고 물이 깨끗해질 때까지 반복하기 → 손으로 쥐어짜지 말고 수건에 감싼 채 세탁기로 30초 정도만 탈수시키기 → 망에 눕혀서 바람이 잘 통하고 직사광선이 닿지 않는 곳에 두고 말리기

미안하지만 난 이렇게까지는 할 수가 없다. "물이 깨끗해질 때까지 반복하기"에서 포기. 꼬질꼬질한 술빵이는 그러자면 영원히 목욕을 끝낼 수 없을지도 모른다.

바쁠 때는 며칠 동안 곰돌이들에게 눈길조차 주지 않는 날도 생긴다. 그러면 곰 인형들은 조금 딱딱하고 차가워진 얼굴로 나를 바라본다. 흥, 이제 왔냐? 하면서. 그렇게 방

치된 인형들을 보면 마음이 좋지 않다. 같이 시간을 보내고 근사한 곳에 데려가서 사진도 찍고 싶다. 결국 그것이 내 삶을 돌보는 것이기도 하다는 점을 이제 깨닫는다.

나는 반려동물을 키울 자격은 없는 사람이겠다는 생각도 든다. 아무리 바빠도 함께 사는 개와 고양이한테 밥을 안 주거나 영원히 목욕을 안 시킬 수는 없을 것 아닌가? 살아 있는 존재는 반려자들에게 무한한 애정과 충만한 기쁨을 주겠지만, 그만큼 더 큰 책임이 따를 것이다. 그러니 나로서는 조금 신경을 덜 쓰더라도 큰 탈은 안 나는 반려 인형이 역시 최고라고 생각하지 않을 수 없다.

반려인형 사진 찍는 법

반려인형 라이프를 시작하려는 분들에게, 실용적인 팁을 전해 드리려 한다. 인형 사진 찍는 법에 대해서. 반려인형 사진에도 나름대로 노하우가 있으니까.

내 생각에는 딱딱한 인형보다는 모양을 변형시킬 수 있는 폭신한 봉제인형이 다양한 사진을 찍기에 좋고, 표정이 고정적이지 않을수록 좋다. 휴대하기 좋으려면 손바닥만 하거나 그보다 작아야 하지만, 그게 무슨 상관이랴. 레고 미니 피겨든 테디 베어든, 자기 삶의 동반자이자 여행지에서 자기 자신을 대신할 존재이면 되는 것을. 반려동물이 주인을 닮듯, 인형이야말로 자기와 닮은꼴을 고르게 되는 것 같다.

우선, 자기 인형의 크기를 잘 알아야 한다. 몸집에 따라 걸맞은 사진이 따로 있다. 순남이처럼 커피 잔에 걸쳐지는 자그마한 인형인지, 연남이같이 커다란 인형인지에 따라 공략 방향이 달라진다. 술빵이는 아기 의자에 앉히면 딱 좋은 크기임을 나는 아이를 키우면서 새삼 깨달았다. 서로 다른 몸집에 서로 다른 재미가 기다리고 있다.

반려인형 사진을 찍을 때 인형을 쥔 사람 손이 드러나는 건 반칙이다. 반려인형 사진 대회 같은 게 있다면 그런 사진은 본심에 오르기 어려울 것이라고 생각한다. 역동적인 몸짓을 찍으려면 인형을 패대기치듯 휘둘렀다가 순간적으로 포착하는 방법도 있다. 100번쯤 휘두르면 한 번쯤은 만세 비슷한 걸 하는 모양이 나온다.

인형들이 셀카를 찍는 것처럼 보이게끔 구도를 잡아 보는 것도 재미있다. 셀카의 묘미는 각도인데, 인형이 카메라 렌즈를 내려다보듯 엉성한 각도로 찍는 것도 좋다. 그럴 땐 초점이 약간 흔들려도 괜찮다.

인형은 동물이 아니라서 스스로 움직이지 못하니까, 일일이 포즈를 만들어 주어야 한다는 점이 또 다른 묘미다. 스톱 모션 애니메이션이라 생각하면 된다. 몇 장의 사진을 연결해서 GIF 파일로 만들면, 얼마나 재미있는 스토리를 표현할 수 있을지 상상해 보자. 1초 또는 3초짜리 동영상을 찍은 다음 동영상 편집 앱을 활용할 수도 있다. 처음엔 인형의 상체를 움직이고, 그다음 장면에서는 다리를 바둥거리는 모습을 찍은 다음 두 장면을 연결하면 전신이 한 번에 다 나오지 않더라도 마치 술빵이가 스스로 움직이는 것 같은 느낌이 든다.

사람에게 '점프 샷'이 있듯 반려인형에게도 '공중부양 샷'이 있다. 이때만큼은 살아 있는 생명체가 아니라는 장점을 한껏 누리자. 하늘 높이 날려 보내고, 연속 촬영도 해 보자. 사람 손이 나온 B컷 사진도 몇 장 남겨 두자. 추억은 메이킹 사진에서 더 느껴지기도 하기 때문이다.

가끔은 목욕을 작정한 담대한 사진도 찍어 보자. 순남이는 황토 팩을 한 적도 있고, 휘핑크림이 가득 든 식빵에 얼굴을 퐁당 파묻은 적도 있다. 금기를 깨는 유쾌한 기쁨을 사진으로 남기면 두고두고 즐겁다.

사진을 찍을 때는 무엇보다 찍는 사람의 열정이 중요하다. 언니는 한 손에는 순남이를, 다른 손에는 아이폰을 들고 촬영하다가 셔터 누르기가 영 불편하자 급기야 혀로 셔터를 눌러서 사진을 완성한 적이 있다고 고백했다.

+ 팩 하는 술빵이.

마지막으로 아무리 강조해도 지나치지 않을 주의사항이 있다. 안전이다. 바람 부는 바닷가에서, 절벽 근처에서, 난롯가에서, 창밖으로 인형을 내밀고…… 그렇게는 찍지 말자. 마지막 사진이 될 수 있다. 정 찍고 싶다면 꽉 잡아야 한다. 아주 꽉.

+ 곰 인형을 데리고 '출사'를 나서 보자. 촬영 뒤 목욕쯤은 감내해야 좋은 사진이 나온다.

곰 인형 옷 입히기

추운 겨울이 오면, 내 마음은 미묘해진다. 곰 인형이 그 자체로 더 사랑스러워 보이기도 하고 왠지 추워 보이기도 한다. 솜뭉치인 인형들한테는 사실 필요가 없지만, 그래도 반려인 입장에서는 뭐라도 입히고 싶어진다. 그런데 자칫하면 곰돌이도 '패션 테러리스트'가 될 수 있으니, 체형에 맞는 스타일링이 필요하다.

조그마한 인형이든 커다란 인형이든, 곰 인형이라면 딱 맞는 옷을 찾기가 쉽지 않다. 강아지 옷과도 의외로 호환성이 높지 않은데, 곰 인형은 사람처럼 앉아 있는 형상이 많아서 모양새가 꽤 다르기 때문이다.

몸에 맞는 기성복이 없다면 만들어 입히면 어떨까? 그런 생각이 떠오른다면 이제 당신의 인형놀이가 한 단계 진전되었음을 받아들이자.

조그마한 인형은 자투리 천으로도 옷 한 벌을 만들 수 있다는 장점이 있지만, 옷을 해 입히기가 좀 더 까다롭기도 하다. 그렇다고 포기하지는 말자. 나는 단추 하나 다는 것도 어려워하는 사람이지만, 우리 집 곰 인형 순남이는 맞춤 옷만 여러 벌을 가진 곰돌이가 되었다.

순남이에게 옷 입히기를 즐겨 하는 언니가 말해 준 바, 작은 인형은 너무 두꺼운 옷을 입으면 맵시가 안 난다고 한다. 얇은 옷감과 그에 맞는 디자인이 필수적인데, 예컨대 잘 늘어나면서도 얇은 순면 속옷 종류가 작은 인형의 옷감으로 추천하는 소재다. 콕 집어 말하자면 면 팬티 같은 옷감이 좋다.

술빵이 정도 되는 어린아이 크기의 인형이라면? 인형한테 입히려고 일부러 아기 옷을 산다면 좀 이상하겠지만, 아기가 입던 옷이 있으면 슬쩍 인형한테도 물려 입혀 보면 어떨까. 의외로 잘 어울릴 수 있다. 단, 솜뭉치 인형들은 팔다리가 짧기 때문에 사람 옷 가운데서는 반바지가 제일 성공할 확률이 높다. 너무 긴 옷을 입으면 허수아비처럼

+ 순남이는 맞춤옷이 여러 벌이다. 어깨가 좁은 체형이라 만들기가 까다롭다.

++ 최종 바느질 전에 여러 번 시착을 거친다.

보인다.

아무리 생각해도 옷은 만들기 어렵겠다고? 곰 인형은 옷을 안 입고 목도리만 하나 둘러도 이상해 보이지 않는다는 장점이 있다. 그러니 스카프 하나로 멋을 내 보자. 목도리를 짜 주고 싶다면, 생각보다 곰 인형은 목이 굵다는 사실을 잊지 말 것.

반려인형 굿즈 만들기

라인 프렌즈 캐릭터 숍에서 곰돌이 브라운을 산다. 카카오 프렌즈 캐릭터 숍에서는 라이언이 그려진 물건을 고른다. 라이언은 사자이지만 갈기가 없어서 곰처럼 생겼다. 곰 인형 덕후인 나에게 둘은 아주 매력적인 캐릭터들이다.

라이언과 브라운은 각각 자사 캐릭터 상품 중 선호도 1위라고 한다. 동글동글한 외모, 고정적이지 않은 입 모양 등 여러모로 둘은 비슷하다. 그중 브라운 인형은 2015년에 이미 누적 판매량이 25만을 넘었다고.

캐릭터 상품에 지갑을 자주 여는 사람으로서, 어린애 장난감 같은 물건들을 왜 사는지 모르겠다고 말하는 사람들을 만나면 참 난감하다. 감당할 수 있는 지출 한도에서 즐거운 소비를 기꺼이 선택하는 것뿐이다. 기분 좋은 삶을 꾸리는 가장 간단한 방법이기 때문이다.

이런 마음이 커지고 또 커지면 나처럼 일을 벌이게 된다. 반려인형으로 굿즈를 만들고 싶다는 생각이 든 어느 날, 순남이 우표가 탄생했듯. 곰 인형 순남이와 함께한 알프스 여행을 기념해 '2010 순남이 융프라우 등반 기념 우표'를 제작한 것이다. 실제 우표를 대신할 수는 없고 그보다는 우표 옆에 붙이는 결핵퇴치기금 마련 크리스마스 실 Seal에 가깝지만, 재미있으니까 상관없다. (우체국 홈페이지에서 사진을 업로드하면 누구나 손쉽게 만들 수 있다.) 그밖에 술빵이 사진을 인쇄한 냉장고 자석을 만들어 보기도 하고, 술빵이를 그려서 실크스크린에 옮겨 엽서로 찍어 보기도 했다. 딱히 쓸모가 있는 건 아니다. 그저 삶을 채워 주는 재미다.

요즘 문구를 좋아하는 사람들은 직접 문구를 제작한다. 메모지나 엽서, 스티커, 배지, 마스킹테이프 등 자기가 좋아하는 귀여운 캐릭터를 넣어서 말이다. 이렇게 만든 문구를 교류하는 행사인 〈문구 온리전only+展〉도 열린다. 2018년 8월에 제5회가 열렸다.

어떤 은행은 카드 앞면에 반려동물의 사진을 넣어 주는 서비스를 한다. 나는 술빵이 사진을 넣어서 흐뭇한 '술빵이 체크카드'를 손에 거머쥔 적도 있다. 카드가 도착할 때까지 가슴이 두근거렸고, 이 카드로 결제할 때마다 기분이 좋아지곤 했다. 이 또한 기분 좋은 삶을 가꾸는 자세다.

이렇게 좋아하는 것을 곁에 두고 싶은 마음은 이미 대세가 아닐까? 라이언이 그려진 체크카드가 인기이니까.

지금까지 만들었던 곰돌이 굿즈를 돌이켜 본다. 초등학교 다닐 때 흰 종이에 곰 인형을 그려서 2밀리미터 정도 여분을 남기고 오린 다음 딱풀로 붙여 만든 수제 스티커를 비롯해, 앞서 말한 기념 우표, 손바느질로 모양을 만들고 솜을 넣어 완성한 휴대폰 액세서리, 곰을 수놓아 메고 다녔던 천 가방, 실크스크린으로 만든 엽서와 노트와 앞치마, 판화로 찍기도 하고 그려서 주기도 했던 지난 크리스마스 카드들. 곰돌이 굿즈를 만들 때마다 늘 기분이 좋았다. 좋아하는 것들로 내 곁을 채우고 싶어 시작된, 내가 사랑하는 한정판 물건들이다.

+ 반려인형 술빵이의 얼굴이 그려진 체크카드. 이 카드는 동물병원 할인 혜택이 있지만 나에게는 소용이 없다. 그래도 이 카드를 만든 데 후회는 없다!

++ 연남이가 계란 프라이를 뚝딱 만들어 주면 좋겠다는 소망을 담아 만든 앞치마.

반려인형 그림책들

그림책에는 인형을 잃어버릴 뻔한 이야기가 꽤 많이 나온다. 잃어버리다니, 생각만으로도 마음이 덜컥 내려앉지만 잃어버린 채로 얘기가 끝나는 책은 거의 없기 때문에 안심하고 펼칠 수 있다.

마이클 그레니엇의 《어디 있어, 곰돌아? / 곰 인형아, 왜 슬퍼?》는 곰 인형을 잃어버린 아이와 주운 아이의 시점에서 각각 이야기가 전개되는 재미가 있는 책이다. 제목에서부터 자기 반려인형을 찾는 아이는 "곰돌아"라고 이름을 부르고 주운 아이는 그냥 "곰 인형아" 하고 부르는 디테일이 느껴진다.

제즈 앨버로우의 그림책 《내 곰 인형 어디 있어?》는 한 아이가 숲속에서 곰 인형을 잃어버렸다가 되찾는 내용이다. 유쾌한 화풍의 그림과 재치 있는 엇갈림이 즐거움을 준다. 큰 것과 작은 것의 대비가 아주 귀엽게 그려져 있다.

모 윌렘스의 《내 토끼 어딨어?》와 《내 토끼가 또 사라졌어!》도 이 주제로는 빼놓을 수 없는 책이다. 애착 인형을 둔 아이의 부모라면 더욱 공감할 만한 이야기들이다.

나에게 지금까지 최고의 반려인형 그림책은 하야시 아키코의 《은지와 푹신이》다. 여우 인형 푹신이는 은지가 태어날 때부터 함께한 반려인형이다. 은지와 푹신이는 함께 할머니를 만나러 단둘이 기차 여행을 떠난다. 모험 서사인 만큼 푹신이는 은지와 여러 차례 헤어질 위기에 놓인다.

+ 반려인형의 모험담이라 할 수 있는
그림책 《은지와 푹신이》.

물론 다시 만난다.

나에게도 곰 인형을 잃어버린 기억이 있다. 그 때문에 강박에 빠져든 적도 있다. 순남이만큼은 절대 잃어버려서는 안 된다는 강박이었다. 연락처를 적은 목걸이를 만들어 걸어 두기도 하고, 이불 밖은 위험하다며 집 안에만 고이 모셔 두고 밖에 데리고 다니지 않기도 했다. 그러다 점점 만남과 이별을 반복하는 우리네 인생사를 받아들여 다시 순남이를 여기저기 데리고 다니는 평범한 곰 인형 반려자의 삶을 이어가고 있다.

그림책들처럼 순남이 또한 여러 번 잃어버릴 위기를 겪었지만 운 좋게도 매번 다시 찾았다. 산속 오솔길에 두고 왔다가 《내 곰 인형 어디 있어?》의 주인공처럼 헐레벌떡 다시 찾으러 간 적도 있고, 식당에 놓고 오는 바람에 다시 가서 '곰상착의'를 다급히 설명한 적도 있다.

길에 떨어뜨린 줄도 모르고 집에 왔다가 몇 시간 만에 길가에 차디차게 누워 있는 순남이를 발견한 적도 있다.

'순남아! 어딨니? 있을까? 있겠지? 있어야 하는데!' 하면서 달려가는 중에 바닥에 떨어진 낙엽이 둥그렇게 말려 굴러가는 것만 보아도 순남이 같았다.

'순남이다! 아, 아니었어. 낙엽이잖아.'

이 잠깐 동안 느꼈던 희망과 절망, 그리고 결국 길에서 차가워진 순남이를 찾아내어 집어들었을 때의 기쁨과 안도감, 그리고 미안함까지. 정말 감정이 휘몰아친 시간이었다.

앞으로는 절대 잃어버리지 않겠다고 순남이와 약속했다. 다시 연락처를 적은 목걸이를 걸어 보기도 했다. 지금은 안전 수칙을 정해서 택시에서는 가방에 꼭 넣고, 장소를 옮길 때면 "순남이는?" 하고 챙긴다. 늘 나는 황급히 묻는 쪽이고, 여기 있다고 말하는 쪽은 언니이다.

이렇게 덜렁대는 내 곁에서 20년째 얌전히 낡아 가고 있는 순남이한테 감사할 따름이다. 술빵이는 좀 더 크고 연남이는 엄청 크니까 잃어버릴 위험이 덜해서 다행이다.

우리 집 재난영화, 〈토이 스토리 3〉

인형이 나오는 영화는 지나치지 못하고 챙겨 보게 되는데, 그러다 보면 인형의 반려자로서 마음에 다가오는 작품과 아닌 작품이 크게 나뉜다. 작품의 주된 내용이나 완성도와는 다른 얘기다.

　이를테면 〈19곰 테드〉 같은 영화는, 곰 인형의 반려자인 내가 보기에는 정말 끔찍한 영화였다. 다 보고 나서 생각했다. 정말 곰 인형을 사랑한다면 저런 영화를 만들 수는 없다. '19금'이라는 설정 때문이냐고? 아니다. 그런 게아니다. 두 동강 난다는 점에서다. 저렇게 하드 고어한 영화라면 미리 알려 주었어야 한다고 생각한다.

반면 〈패딩턴〉은, 마음을 빼앗길 수밖에 없는 따뜻함과 달콤함으로 가득하다. 우울할 때 보기에는 달콤지수가 약간 과잉인가 싶기도 하지만, 패딩턴의 팬으로서는 늘 용서되는 귀여움이다. 언제 한번 패딩턴이 우리 집을 방문해 준다면 좋겠다. 마말레이드를 준비해 둘 테니.

드라마 〈미스터 빈〉에도 반려인형이 비중 있게 등장한다. 미스터 빈은 곰돌이 인형 테디와 함께 자고, 테디 대신 말하면서 논다. 나에게는 인형놀이의 표본 같은 작품이다.

영화 〈A.I.〉에 나오는 곰돌이 로봇이 걸어가는 장면은 정말 슬프고도 가슴 아프다. 나에게는 이 또한 명실상부한 곰돌이 영화다. 언젠가는 나만의 인공지능 곰 인형을 들이게 될까? 그런 인형이 술빵이 같은 느낌은 아닐 것 같은데. 철학적인 질문을 던지는 영화인데, 주인공 데이비드가 아니라 테디 베어 로봇에 마음을 빼앗겨 버리고 말았다.

〈크리스토퍼 로빈〉은 푸와 로빈의 뒷모습만으로도 모든 것이 설명된다. 곰돌이 귀와 부숭부숭한 털의 귀여움이 대단히 잘 그려졌다. 그것만으로도 충분했다.

마지막으로, 〈토이 스토리 3〉를 언급하지 않을 수 없다. 《토이 스토리》 시리즈 중에서도 가장 스펙터클한 영화라고 생각한다. 〈토이 스토리 2〉에서 우디를 수리해 주는 장

+ 우리 집 인형들 모두와
손에 땀을 쥐고 보게 되는 영화
〈토이 스토리 3〉.

면도 참 좋아하지만 말이다.

집에서 〈토이 스토리 3〉를 가끔씩 다시 볼 때는 우리 집의 인형들을 모두 껴안고 다같이 두근두근하면서 손에 땀을 쥐고 본다. 마음이 고약해진 곰 인형 랏쏘를 보면 잃어버린 나의 인형들 생각을 하게 된다. 삐뚤어져서 어디서 저렇게 행패 부리고 있는 건 아니겠지? 잘 지내고 있지? 하면서. 그러다가 앤디가 장난감들과 이별하는 마지막 장면에 이르면, 번번이 울 수밖에 없다. 우리는 오래오래 함께 있자, 하면서.

잃어버린 곰 인형을 찾아서

10년 넘게 예뻐하던 곰 인형을 잃어버린 적이 있다. 이름은 '꿀'이었다. 곰 인형을 잃어버린 이야기는, 꺼내기 전부터 마음이 울렁거린다. 돌이킬 수 없는 일인데도 그렇다. 오래전 일인데도.

　내가 대학 다닐 때였다. 식구들끼리 저녁을 먹으러 가는 길에 꿀이를 택시에 두고 내렸다. 두고 내렸다는 것을 알고 나서도, 현금으로 결제했다는 걸 깨닫고 나서도, 그러니까 찾을 길이 없다는 걸 알게 된 뒤에도, 얼떨떨한 채로 예정된 곳에서 밥을 먹었다. 다시는 만날 수 없다는 사실을 좀처럼 받아들일 수 없었기 때문에 밥이 들어갔던 것 같다. 그럴 리 없다고 부정하고, 네가 챙겼어야지 하면서 서로 비난도 했다. 물론 자책도 했다.

그 뒤로는 며칠 동안 울기만 했다. 되찾을 길도 없으면서 어떻게든 찾게 되지 않을까 희망을 품어도 보았다. (어떻게 찾는단 말인가?) 분실물을 돌려 주지 않는 택시기사를 원망도 했다. (그러니까 어떻게 돌려 준단 말인가?) 몇 번 분실물 센터에 전화를 해 보고 인터넷으로 찾을 수 있는 길이 있을지 알아봤지만 그런 방법은 없었다. 카드 결제의 중요성만 뒤늦게 깨달았을 뿐이다.

그 후로 오랫동안 잃어버린 곰 인형 꿀의 사진을 들여다보지 못했다. 당시에는 휴대폰이 아니라 디지털 카메라로 사진을 찍었는데 사진을 보면 눈물이 나니까 일부러 보지 않았다. 그 와중에 나를 괴롭힌 것은 곰 인형을 잃어버리고 내가 느끼는 우울이 이해받기 어려운 감정이라는 사실이었다. 물론 가족들도 오랜 친구들도 나에게 곰 인형이 얼마나 중요한지 다들 알고 있었지만, 내가 갑자기 슬퍼하면 가만히 있던 언니도 속상할 수 있으므로 집에서도 밖에서도 조심스러웠다.

두고 내린 사람이 나였을 거라는 죄책감도 뒤따랐다. 웃고 떠들며 다니기 힘든 나날이었다. 그런데도 학교에 가서 공부하고 친구들과 선후배들과 아무렇지 않은 척 살아야 하는 순간들이 있다는 게 괴로웠다.

잃어버린다는 것은 무엇일까. 슬퍼하며 깨달은 것은, 사람이든 동물이든 인형이든 곁에서 사라지면 만질 수 없고 냄새 맡을 수 없다는 사실이었다. 감각할 수 없다는 데서 오는 상실감이야말로 가장 마지막까지 나를 괴롭혔다. 사진으로는 남아 있고, 사진으로만 남아 있다는 것.

정말 오랜 시간이 지나서 용기를 내어 열어 본 꿀의 마지막 사진은 쌀이 담긴 바가지에 몸을 묻고 마치 모래밭에 누운 것처럼 밀짚모자를 얼굴에 덮고 있는 모습이었다. 작게 자른 신문지를 접어서 배 위에 올린 여유로운 자세였다. 바캉스를 보내는 것으로 보이는 그 모습이 마지막 사진이라서 다행이라고 생각했다.

우리가 택시에서 내리자마자 다른 손님이 타서 꿀이를 발견하고는 예뻐하며 데려간 것이라면 좋겠다. 아니면 택시기사님이 집에 데려가서 그 가족들이 예뻐해 주었으면 좋겠다. 낡은 곰 인형의 매력을 아는 사람이라면, 사랑받던 인형인 줄 한눈에 알아보았을 텐데.

혹시라도 아이 몰래 인형을 내다 버리려고 계획하고 있던 사람이 있다면, 버리기 전에 꼭 아이에게 물어봐 주면 좋겠다. 어쩌면 아이가 순순히 버리라고 응해 줄 수도 있다. 제일 소중한 인형 하나만 놔두겠다고 할 수도 있다. 그러나 그렇지 않을 수도 있다. 대상이 무엇이든 아이가 깊은 애정을 쏟았다면 그에 따라 상실감도 아주 크리라는 것을 꼭 알아주었으면 좋겠다.

요즘은 인터넷에 "우리 아이가 좋아하는 인형을 잃어버렸어요" 하면서 어떻게 해야 좋을지 방법을 묻는 부모들의 글이 종종 보인다. 답글로 똑같은 제품을 살 수 있는 곳을 알려 주는 사람도 있고, 자기 일처럼 안타까워하는 사람들도 있다. 그런 글을 읽으면 잃어버렸다는 내용이지만 한편으로 안도감이 든다. 알아주는 마음들이 있으니. 집을 잃어버린 인형들이 씩씩하게 걸어서 집으로 되돌아간다는 상상이 좀 더 마음 벅찬 것이긴 하다.

우리 모두에게는 보들보들한 존재가 필요하다

반려인형 이야기를 〈한겨레신문〉 ESC 섹션에 연재한 이후, 주변의 지인들이 하나둘씩 나에게 자기 인형 이야기를 꺼내 놓았다. "사실은 저도 어렸을 때 매일같이 데리고 자던 인형이 있었는데요", "우리 남편한테도 오래 갖고 있던 인형이 있는데요, '반려인형'이라고 명명해 주니까 좋대요." 인형 병원이 궁금하다고 자세히 알려 달라는 연락도 받았다. 낡은 인형들이 잘 치료받길 바라며 소상히 알려 드렸다. "나도 열두 살 때까지 쥐고 잠들던 이불이 있었어" 하고 얘기를 꺼낸 선배도 있다. 인형은 아니지만 이불도 애착 아이템임에 분명하다. 빨지 못하게 해서 엄마와 실랑

이했던 어린 시절 얘기, 지금도 색깔과 무늬와 냄새까지 기억 속에 생생하게 남아 있는데 사진 한 장이 없어서 이제 와서는 아쉽다는 얘기였다. 나도 안타까웠다. 사진이 있으면 좋을 텐데. 아니, 지금까지 그 애착 이불이 남아 있다면 더 좋았을 텐데. 그 이불을 가끔씩이라도 만질 수 있다면, 마들렌 과자를 맛보듯이 유년의 세계와 급속히 연결되는 경험일 텐데.

마찬가지로, 이 책을 읽다가 '그러고 보니 나도 인형이 있었잖아' 하고 그제서야 깨닫는 사람들도 있을 것이다. 생각해 보면 인형은 어디에나 있다. 거실 구석에, 아이 방에, 열쇠고리 끝에, 자동차 안에, 책상 위에, 또는 책장에…… 버리지 못한 오래된 인형들을 다들 한둘씩 가지고 있다. 목욕도 안 한 채로 묵묵하게 먼지를 뒤집어 쓰고 있기 때문에 인형이 있다고 인식하지 못할 뿐.

나에게 반려인형은 다행히도 추억 속의 존재가 아니라 현재 진행형이다. 한파 속에 집을 나설 때 나의 주머니 안에는 핫팩 대신 곰 인형 순남이가 들어 있다. 겨울이라고 옷을 두 겹 입힌 터라 나의 주머니는 더욱 불룩해져 있다. 공기는 차갑고 어깨는 움츠러들지만 순남이를 만지작거리기 위해 장갑을 벗고 주머니에 손을 넣으면서 나는 하루치 위로를 꽉 차게 전달받는다.

출근길 만원 지하철을 함께 탈 때도, 나는 순남이 눈을 들여다보면 웃음이 비어져 나온다. '꽥! 와, 진짜 사람 많다!' '근데 나 잃어버리면 안 돼! 꽉 잡고 있어!' 순남이도 내게 눈으로 대답한다. 소리 내어 말하고도 싶지만 그러면 너무 이상한 사람 되니까 침묵 속에서 하는 인형놀이로 만족해야지. 복잡한 지하철 안에서도 작은 곰 인형과 나는 무해한 즐거움을 누린다. 정말 떨어뜨릴까 봐 걱정이 되어 이내 곧 주머니 속에 집어넣지만.

다 큰 어른이 곰 인형이나 데리고 놀다니 철없는 어린애 같다고 하는 사람도 있을 것 같다. 이는 사실이 아니라는 말을 하고 싶다. 일찍부터 철이 든 어린이로 살아왔으며, 그래서 더 곰 인형과 진지하게 놀았다고. 놀 때만큼은 언제까지나 어린이의 모습으로, 감탄할 줄 아는 사람이 되고 싶었다고.

커서도 인형을 손에서 놓지 못하다니, 애정결핍인 것 같다고 하는 사람도 있을 것 같다. 이번에는 어느 정도 맞다고 대답해야 할 것 같다. 곰 인형은 일찍 철들어야 했던 그 어린이의 불안을 덜어 준 고마운 존재가 맞았던 것 같다. 그런데 애정결핍이었냐, 아니냐는 나에게 크게 의미

있는 물음이 아니다. 이미 나는 곰 인형 없는 삶을 상상할 수 없게 되었고, 나의 현재에서 곰 인형은 지루한 순간을 단숨에 유쾌하게 바꿔 놓는 기쁨이며, 내가 앞으로도 공들여 사랑을 쏟을 대상임이 분명하기 때문이다. 사람이든 동물이든 인형이든, 함께 시간을 보내고 정성을 쏟을 어떤 존재가 있다는 것은 얼마나 충만한 일인지.

페이스북에서는 5년 전 오늘, 7년 전 오늘 내가 어떤 게시물을 올렸는지 알려 주곤 한다. 그럴 때마다 나타나는 다채로운 순남이 사진을 보면서, 빙긋 웃는다. 이렇게까지 일관되게 곰돌이와 함께한 인생이었나 싶어 조금은 우습기도 하다. 앞으로도 나는 이렇게 순남이와 술빵이와 연남이와 재미나게 살고 싶다. 그리고 여러분에게도 다들 자기 안의 소중한 존재, 보들보들한 것을 더 드러내고 살아도 괜찮지 않겠냐고 말을 건네고 싶다. 할아버지 곰 순남이의 미래를 그려 보면서, 다른 수많은 반려인형들에게도 안부를 전한다.

곰돌이가 괜찮다고 그랬어

My Teddy Bear Said, It's Okay.

ⓒ 정소영, Printed in Korea

1판 1쇄 2018년 12월 20일
ISBN 979-11-89385-03-3

지은이. 정소영
펴낸이. 김정옥
디자인. 풀밭의 여치
제작. 정민문화사
종이. 한승지류유통
펴낸곳. 도서출판 어떤책
주소. 03925 서울시 마포구 월드컵북로 400, 5층 1호
전화. 02-3153-1312
팩스. 02-6442-1395
전자우편. acertainbook@naver.com
블로그. acertainbook.blog.me
페이스북. www.fb.com/acertainbook
인스타그램. www.instagram.com/acertainbook

파본은 구입하신 서점에서 바꾸어 드립니다.
이 도서의 국립중앙도서관 출판예정도서목록(CIP)은
서지정보유통지원시스템 홈페이지(http://seoji.nl.go.kr)와
국가자료공동목록시스템(http://www.nl.go.kr/kolisnet)에서 이용하실 수 있습니다.
CIP제어번호. CIP2018037948

안녕하세요, 어떤책입니다. 여러분의 책 이야기가 궁금합니다.

블로그 acertainbook.blog.me
페이스북 www.fb.com/acertainbook
인스타그램 www.instagram.com/acertainbook

점선을 따라 가위로 오려서 보내 주세요. 우표 없이 우체통에 넣으시면 됩니다. ✂

보내는 분

이메일

주소

이름

a
certain
book

도서출판 어떤책

03925 서울시 마포구 월드컵북로 400, 5층 1호

우편요금
수취인 후납
발송유효기간
2018.7.1~2020.6.30
서울마포우체국
제40943호

점선을 따라 가위로 오려서 보내 주세요. 우표 없이 우체통에 넣으시면 됩니다. ✂

저희 책을 읽어 주셔서 감사합니다. 독자엽서를 보내 주시면 지난 책을 돌아보고 새 책을 기획하는 데 참고하겠습니다.

1. 이 책을 구입하신 이유

2. 구입하신 서점

3. 정소영 작가에게 하고 싶은 말씀

4. 출판사에 하고 싶은 말씀

보내 주신 내용은 어떤책 SNS에 익명으로 인용될 수 있습니다. 이해 바랍니다.